云归秦岭

白晓霞 著

百余次徒步秦岭
二十八篇文与百余幅图平行记录
人文精神与自然主义结合的探索与尝试
深入秦岭的母体
像打开秦岭的一扇扇窗户
近距离看到真实生动的秦岭——
看到秦岭的四季轮回
看到秦岭的柔情和冷峻
看到秦岭的丰富与浩瀚

西安出版社

图书在版编目（CIP）数据

云归秦岭 / 白晓霞著. —— 西安：西安出版社，2024.3

ISBN 978-7-5541-7386-2

Ⅰ.①云… Ⅱ.①白… Ⅲ.①散文集—中国—当代

Ⅳ.① I267

中国国家版本馆 CIP 数据核字 (2024) 第 021255 号

纸上长安

云归秦岭
YUN GUI QIN LING

出 版 人	：	屈炳耀
著　　者	：	白晓霞
责任编辑	：	李亚利
装帧设计	：	品　格
出版发行	：	西安出版社
地　　址	：	西安市曲江新区雁南五路1868号曲江影视大厦11层
电　　话	：	（029）85233741
邮政编码	：	710061
印　　刷	：	陕西龙山海天艺术印务有限公司
开　　本	：	889mm×1194mm 1/32
印　　张	：	11.5
字　　数	：	172千
版　　次	：	2024年3月第1版
印　　次	：	2024年3月第1次印刷
书　　号	：	ISBN 978-7-5541-7386-2
定　　价	：	58.00元

△如有印刷、装订问题，本社负责另换。

大美秦岭

云赏

感受中华龙脉的雄浑与细腻

即刻扫码

灵感·秦岭 透过镜头与文字，了解本书作者的创作故事。

聆听·秦岭 本书选文朗诵音频，跟着游记探寻生动秦岭。

游览·名山 介绍中国值得一览的名山，欣赏天地灵秀之美。

纪录·秦岭 从宏观到微观，感受大秦岭地区丰富多彩的魅力。

千山万壑随笔过
古径今朝涯心洞

题晚霞艺苑秦颂

肖云儒 庚辰隆冬书

肖云儒 题词

题 记

　　秦岭是座读不尽的山，世人常常只能窥其一孔，不同的人便因此读出了不同的秦岭。

　　秦岭不仅是我们国家的中央水库、中央绿肺，还是中央智库（生发核心价值观之地）、中央神殿（聚集宗教祖庭之地）和中央文脉（诗词文赋音画荟萃之地）。全维度研究秦岭，需要以科学系统论和综合文化学的思维，在世人面前呈现一个由物态、生态、文态、神态构成的完整而鲜活的生命系统。

　　陕西原有的文化色调，主要由黄土地和黄河的形象决定，土黄色是我们的家园的土地原色。绿色的陕西，让世人乃至整个世界眼前一亮。其实，红、黄、绿从来就是三秦大地的三种自然底色和文化底色。从自然底色看，绿色陕西长期被黄土的色彩掩映着。我们终将揭去遮蔽，涤除混浊，还世人一份原生之绿。

—— 肖云儒

作者白晓霞行走秦岭

序 言

历经山河，云归秦岭

白玉奇

我和白晓霞坐在南湖边的咖啡店谈她的新书，是秦岭游记。

书里响着这位女记者忠实的脚步声，荡漾着这位敏感女性的心底波澜。那是2022年正月初十，一个雪后放晴的日子。南湖平静地波动金光，秦岭在远处亮出弯弯的怀抱，宽松地拥着西安城。阳光透过咖啡店明净的大玻璃窗洒在我们身上。

她是陕北延川人，我是陕北宜川人，我们1995年都到了《三秦都市报》做记者。虽然做同事近三年，却没说过话。而在新冠疫情解封后的见面，倒有种老熟人的亲切感。

"晓霞，你为啥找我写序啊？是因为我这瘸子能把广场踩出坎坷来？"我指着拐杖，笑着问她。

她咯咯地笑了："是啊！平地能起波澜的人，是写山的天才。"

云归秦岭

我写过秦岭苍茫的诞生，秦岭大拼合的地质构造，在地质之上生成的地理，写得最多的是舞台上上演的历史。我深入到秦岭山体内部，写过让我感到无限寂寞的溶洞，也写过雨雾蒙蒙的隧道内部工程。但没写过旅行者，尤其是女性旅行者和秦岭的细腻对话，她眼中心中的秦岭，我相信她们的对话会更接近本质。

白晓霞的这个邀请正好可以弥补缺憾，而且在我因病残不能爬山时，去写行走秦岭，很魔幻。

行走秦岭是从古至今人类认识秦岭最基本的方式。最早记述秦岭的书是《山海经》，读这本书时，似乎就能听到徒步考察者远古的脚步声。我在阳光照耀下，很恍惚地想起20世纪80年代初做的一个场景宏大的梦。梦见漂移的山地板块像船一样游走。

不是人在走，是大地在走。一位老人像电影《魔戒》中的先知老爷子甘道夫那样，忧患而悲悯地注视着浓雾中正在分离的山河大地。远处的山原正在解体，像大河流凌的巨冰，人们的样子像是在哭号，我能看到那个恢宏的画面，却听不到哭声和呼喊声。我在他们对面的山上抓着一簇簇的白草很

序言　历经山河，云归秦岭

吃力地向山上爬，感觉不出自己所在的山地是否也在漂移，我是突然意识到我不仅是观众，我所在的山和其他山地板块一样，正无声游弋……没有看到水，但只有深深的海洋才有足够的力量托起一块块的山地平稳行走。

撰写电视纪录片《大秦岭》解说词时，董云鹏教授给我讲了秦岭的诞生：在距今7亿年以前到10亿年前，北方的劳亚大陆和南方的冈瓦纳大陆相向移动，碰撞，冈瓦纳大陆插到劳亚大陆之下，高高翘起的劳亚大陆断裂，倒塌成了北方的峻峭和南方的缓坡。1600公里长的秦岭就这样带着创痛、伤残，在两块大陆的拼接缝处诞生，它实际上是一道洪荒时代的地质伤疤。

古老的大洋开裂、俯冲、拼合、碰撞形成秦岭造山带；后来，又发生了陆内的变形，秦岭造山带被夷平了；再后来，曾经被夷平的秦岭造山带北部被抬升出地表，便形成了秦岭山脉。大秦岭就这样诞生了。

我的梦活化了董教授在二十年后讲的秦岭诞生史，高度浓缩了大陆碰撞前的史诗氛围。可那时还远远没有人类呢，梦中那些目击灾难、面临悲催结局的人是谁？梦中抓住白草

3

爬山的我又是谁？梦中的世界是一个深不可测的深渊，要有神示似的契机，方能得以解释。

从那个陆地板块分崩离析后重新组合的年代开始，秦岭开始了成长。这个成长是以两个大洋板块的痛苦为代价和动力的，这个成长从未停止，也就意味着秦岭一直经受着自身的痛苦。直到成长为今天白晓霞与之对话的秦岭。

秦岭的成长意味着痛苦，而秦岭的孕育又产生着喜悦。

其间，秦岭和风，就像盾和矛的合作一样，共同参与了黄土高原的诞生：从西北方向来的飓风裹挟着黄土铺天盖地而来，又被高大宽厚的秦岭挡住。可以想见飓风的风梢子上带着最绵软的黄土，为这个伟大的农耕民族的诞生和成长准备了温床和襁褓。从关中平原一路看向风的大西北来路，土壤由细腻而粗粝，土地生殖力由旺盛而贫弱，逐渐出现了沙漠、戈壁。这样由风来选择襁褓原材料的造原行为，由秦岭规定襁褓边界的强力和温情，是何等巨无霸的意志和神力。如果是宇宙之神，那么神在这里要强调和保护什么？

是子宫，是生生不息、化化无穷的最重要的命脉，是生育和繁衍中心。

序言　历经山河，云归秦岭

北纬30°线上，集中了这个星球主要的地质接缝，诞生了地球的主要文明，又不断发生着科学无力解读的奇异事件，奇怪的是，秦岭却在北纬34°左右。我们不好臆测造物主的意图，暂且存疑。

秦岭带着两块大陆拼合处的深刻秘密和痛苦，横亘在多山的东亚。在秦岭带有弧度的怀抱里，渐渐出现了人迹，升起了炊烟。

在人类的视野里，总是在地质的框架上形成地理，在地理的舞台上演历史，舞台上大戏的恢宏又让我们忘却了舞台本身，更忘了它的基础是地质，而且是一个母性生命体。

今天，与这样一个有生命子宫意味的伟大地域对话，我认为，最合适的对话者应该是女性。从古至今，秦岭的对话者多为男性，即便女性，也多是从男性视角，秦岭也就打上了男性的烙印。兴亡主题、强国主题、祖脉主题、护佑主题……，抑或地质、地理、气候、动植物……，文学类表述越来越宏大，越来越孔武有力，自然科学的学科分蘖也越来越多，越来越精细。我自己也写过不少宏大视野的作品，那是男人眼中的秦岭，我期待着女性视角视野的秦岭对话。

男人和女人本身就是两种动物。身体的构造不同导致了视角视野、心性气质均不同。

男性统治欲、征服欲天生就强，看秦岭偏重理性；女性天生母性心态，看秦岭更在意这个庞大生命体的哺育性。男性喜欢关注秦岭地上地下的宏大构造，秦岭的自然万象，秦岭和历史兴废的关系；而女性本性柔软细密，这个弹性十足的本性使女性思维无际涯，少边界，更容易突破物质世界的阻隔，接通神性。

男人如山，女人如河。男人像秦岭一样高大、雄浑、苍莽、刚毅，沐雨抗风，身披秋冬霜雪而凛然傲立，消解炎夏暑热而不软化萎靡；女人像秦岭补给养育的长江黄河，源自地球最高处的天地之交，孜孜不倦地奔向蓝色的梦一样的海洋，不拒秦岭来自两个大陆深处的大小水流和每一片叶子捐出的雨露，铺平身体感受并抚慰每一寸土地的坎坷，是与山不同的另一种品质：柔韧而坚强。

谁能说得清楚男性和女性谁更适合说秦岭呢？

白晓霞出生在黄土高原腹地，又滨着黄河成长，自然带着深厚的黄土高原精神和黄河气韵。这是天然禀赋，是基因

序言　历经山河，云归秦岭

里传承的生命密码。之后在受秦岭钟爱的西安城里度过漫长的时光。西安是一座落着半城秦岭山影的古城，对民族来说老态龙钟，但对于秦岭来说，还是一个小孩子。在这样一座城里读书写作二十余载。每周从西安的城市繁华和尘世纷扰中抽身而出，从造山运动中就为她留下的七十二峪深入秦岭，一步一步走过垂直分布的春夏秋冬，来到白雪皑皑的山巅，她敏感的女性心灵会怎样感受秦岭，思维秦岭？她的情感世界因秦岭的启示又会经历何等微妙的重组与完善？她的生命和大秦岭如何在一步一步的旅途中完成天人合一？

从秦岭的地质史得知，登上了秦岭高峰等于面临了最深的深渊——劳亚和冈瓦纳两个大陆之交的万丈深渊。因而在视野里是优美的文字，在意识与潜意识深处是深深的痛苦和欢欣。

白晓霞的秦岭之旅在路上，脚印在这本书里，延续着《山海经》作者的步子。

第一篇章 秦岭之春，春醒扶摇动

001 三月登鹿角梁遇鹅毛大雪

008 东梁，秦岭最美的原始森林

018 太白山行记

040 春天拜谒黄峪寺

064 逐溪东涧峪，遍赏野桃花

071 雨中穿越太乙峪，九天瀑布如仙境

079 逛三凤山花海，遇一场"桃花雨"

序言 历尽山河，云归秦岭 白玉奇

目录 TABLE OF CONTENTS

第二篇章 秦岭之夏，夏暑灵泽声

089 秦岭华章：行进在鹰嘴至光秃山

102 草链岭，秦岭东最高的山峰、最美的石海

115 冰晶顶，颜值高冷的秦岭第三高峰

124 风雨穿行磨扇沟，诗意漫步流峪寺

129 盛开的光秃山

137 分水岭，穿越草甸的柔美与秦岭梁的冷峻

147 在流峪邂逅麻线沟和界牌沟

目录 TABLE OF CONTENTS

第三篇章 秦岭之秋，秋天花信风

237 深秋抱龙峪穿越天子峪
222 行入云际仙境，坐看万花红遍
209 翠华山，同样的秋色不一样的气质
190 清风左右至，白云回望合
182 从潭峪向曲峪，穿过雾里鎏金的秋日
171 金色的凤凰岭
163 紫柏山秋色

第四篇章 秦岭之冬，冬日寒酥梦

342 后记 秦岭记

324 在嘉午台，与雪的世界狭路相逢

314 秦岭分水岭草甸的雪

298 圭峰，隔断红尘三十里

288 迷失在抱龙峪雪的世界

276 寒冬探秘光秃山，冰雪云海落日灿

260 初冬徒步越秦岭，长安古刹三寺行

249 2007年秦岭的第一场雪

云 / 归 / 秦 / 岭

YUN GUI QIN LING

秦岭之春

春醒扶摇动

三月登鹿角梁遇鹅毛大雪

风在不远处的草甸呼啸着。驴队休整,在巨石下午餐。

这处巨石梁既是森林和草甸的分界,又是驴友的休息处。去年夏天,驴队就在它的北边乘凉,而今在它的南侧避风。

顾不上吃东西,我先脱掉了鞋袜。两小时前,走在山下

▲ 轻雾流动

林场公路上，一直盯着羚牛在雪地留下的一行脚印。一不留神，踩进结着薄冰的泥坑里。为了不影响驴队速度，穿着湿透了的鞋袜，登上覆盖着厚厚积雪的林坡，双脚彻骨地冰冷。换上备用的袜子，再给脚套上塑料袋，穿上防风裤，脚上渐渐有了温度。

早上七点半从秦岭分水岭公路出发的时候，根本预料不到山上会是这样恶劣的天气。尽管西安城里是阴天，但分水岭天开云散，太阳射出耀眼的光芒。驴队从路边满是积雪的树林里钻出来，走捷径穿过"三连冠"，在光秃山盘山路上旋转。路上是厚厚的"原装"雪，两旁的树上挂满雾凇。在旋转的路上，可以看到对面秦岭梁上阳光穿过厚厚的积云，神秘而绚烂。东南的山体脉络清晰，白云轻雾缓缓流动，一切显得浪漫而迷人。

然而，徒步三个小时，到达海拔 2500 米的草甸与鹿角梁分岔路时，大风呼啸，天气变得阴沉。下沉至海拔 2300 米的鹿角梁登山处，平日里只要一小时的平缓"高速路"，走了一个半小时。登山更加艰难，冷杉、红桦和杜鹃树林有一尺多厚的积雪，好在都上了冰爪。

昨晚摊的煎饼，卷了小贾带的土豆丝，咬起来有冰碴的感觉。食物从嘴里到胃里一路冰凉，好在有热水。

队友们正在埋头吃东西，驴头突然大笑着，让大伙儿看我的头发。原来我成了"白毛女"——哈出的热气，在头发上结了冰，白花花的，发丝硬得像钢丝一样，张牙舞爪。这里气温大概零下七八摄氏度，每个人冻得嘴里"丝丝——"地直哈气。驴头听风背起登山包转身回返。

没有人反对，也没人问为什么——每个人心知肚明，从这里要穿过草甸，穿过对面的山腰，再爬上鹿角梁，正常天气需要两小时，今天积雪加狂风，天气恶劣，恐怕三小时未必能到达。当时是下午两点，如果要继续登鹿角梁，晚上八点才能返回这里，后面还有六七小时的路程。

从巨石梁北坡森林下撤，仅用了四十分钟。路过雪花装扮得仙菊似的冷箭竹，满树"银花"的冷杉，褐色枝干被白雪雕刻成妩媚"镂雕"的高山杜鹃，不再拍摄，只是纯粹地欣赏。每一次抬头，心脏血流就会加速。

积雪的陡坡下山更容易打滑，滑倒了，顺势坐下"出溜"

一段。而不太善下坡的白雪，干脆坐在雪地上往下滑。林海雪地，回荡着她惊乍的欢叫声。

这片原始森林脚下通往草甸的路可以行车，看起来宽阔平坦，但实际上是慢上坡，脚下的积雪打滑，走起来比来时更费劲。休息的时候飘起了雪花，很快变成鹅毛大雪。不到半小时，来时的脚印完全被覆盖，路上又恢复了"原装"雪，两旁的红桦与洁白的道路、飞舞的雪花变成唯美的水粉画。

"莫听穿林打叶声，何妨吟啸且徐行。竹杖芒鞋轻胜马，谁怕？一蓑烟雨任平生。"苏轼的《定风波》让这一段艰难的路走得淡定从容。

下午四点半到达大寺与鹿角梁分岔路口，大风呼啸。行至公路转弯风口处，更加凄厉的风吹过，路面积雪被扫荡干净，队友迅速通过。在纷飞的雪花中，用三个小时返回分水岭。

分水岭寒风乍起，气温比早晨的零下2℃还低。三位女队友迅速坐进车里，小刘和杰里米挂好防滑链时，两个人都冻僵了。

G210国道沣峪段向北回返全部是下坡路，附近村民，

秦岭之春

▲ 冷杉被雕成雪树银花

甚至广货街的人做起了防滑链的生意。这种天气自然是"洛阳纸贵",一条七八十元的防滑链,装上车轮要八九百或上千元了。等在分水岭的生意人,见我们自带了防滑链,颇为失望。

我们的车开得很慢,两边山坡的雾凇淹没在夜色里。来时农家院畔的粉白杏花,黄色的连翘、山茱萸,紫玉兰都被夜色淹没。

▲飞雪将山林描摹成水粉画

秦岭之春

登山简历

2020年3月28日,八人驴队从分水岭登鹿角梁,中途返回。

驾车路线: 西安绕城高速(连霍高速)—西沣路(G210国道)—分水岭。

徒步路线: 分水岭—光秃山—草甸与鹿角梁岔路口—鹿角梁登山处—森林—巨石梁—草甸(未到达)—鹿角梁(未到达),原返。

徒步时间: 从7:40—19:20,用时11小时40分,徒步约30公里。

海拔: 海拔区间2000～2600米,高程(驴友们俗称拔高)600米。

东梁，秦岭最美的原始森林

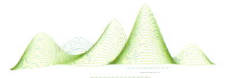

三道桥七道河

东梁位于陕西宁陕境内，是秦岭第四高峰。东梁系秦岭山脉中段主脊，为长江黄河的分水岭，因位于较西的秦岭梁之东而得名。尽管排位不在前三，但登东梁绝非易事。去年驴队试图登顶，因下雨河道发大水，中途放弃。

多年前我曾随驴队的另一班人马登过东梁，知道东梁的路很"硬"，今天特意穿了一双硬底硬帮的登山鞋，以抵御沟坡的乱石。事实上，我是对的。

从 G5 西汉高速段秦岭服务区西进二道沟河谷，基本是碎石路和石堆。春天的干涸在这条河谷里得到充分体现——干涸的乱石河道，干枯的草，干枯的落叶松和一些杂木。杨树漆黑而粗糙，成片成林，片叶不留，在整个河谷显得很特别。"没有整棵树的默许，单独的树叶不能径自枯黄。"那么，没有整个树林的默许，单独的杨树也不能径自凋零。

幸好，有清澈的小溪与河道石堆淤积的绿色小水窝，有路边的苔藓，以及稀疏的松树，给山谷带来一些生气。

通往东梁的这道山谷号称有"三道桥七道河"。桥是由粗大的树干搭成的，有的上面横铺着细一些的圆木，有的干脆就是一个浑圆粗壮的树干。树干粗细不同，大都很长，参差横在或宽或窄的河的两岸。平衡性不好的山友走在上面，心惊胆战，像走平衡木。像今天这样的枯水季节，走起来不成问题，但雨季就危险了——河水漫过这些简易的桥，或者把桥和木头冲走，要通过就异常凶险。很多时候上不了东梁，不是因登山艰难，而是过不去这几道河。

登至海拔 2000 米之后，气温降低，河道与路边的石缝、树下出现了积雪。河面薄薄的冰面下，水流淙淙。斑驳的积雪，黄绿的苔藓，炸裂的树干，红褐色的红桦，淡黄色的冷箭竹，将初春的色彩涂抹得丰富而生动。

由于是节后第一次登山，驴子们劲头十足，不知不觉就到达海拔 2500 米的第四纪冰川遗迹石海附近。记忆中，上山要经过石海边缘，但小路已经偏离。石海面积看起来越来越小，与其他山峰的石海一样，也许是树木、沙土对其合围。

▲ 二道沟林中积雪与苔藓

地毯般柔软的草甸

钻出冷箭竹林，眼前出现了开阔的草甸。草甸边缘，有冷箭竹和冷杉，中间和北坡是金黄草甸。

几个四五十岁的山友正在合力用手杖撬一块石头。他们并不能带走这块形状独特的大石头，只是像顽童一样，开心地享受这种使力气撬动的乐趣。这是来自白鹿原二塬子的五位乡党，在半山腰我们就曾相遇。由于毕业后在灞桥区工作过，白鹿原的狄寨乡属于灞桥区管辖，因而遇到他们感到非常亲切。走在最后的一位乡党和我们聊天，得知他们的土地都被征用了，各家在新建的市场有门面房。新冠疫情发生后，市场关闭，他们就开始爬山。上周首次上光秃山，对登山有了兴趣。虽然他们的鞋和装备很简单，但劲头十足。我们说下周在冰晶顶见，他们认真地答应。

我们斜斜地从草甸腰部上至山梁，到达秦岭著名的高山草甸二梁。这时候一拨山友已经在平坦的梁上草甸野餐。我们也就地休息，准备向大梁冲刺。

二梁海拔 2600 米，实际上是大梁和北梁之间的垭口。二梁中间平坦，两侧山坡平缓。记得那年到达这里时已是下午两点多，草甸绿草如茵，鲜花遍地，驴友散落各处，有的休息，有的拍照，还有人拔野葱。

今天，二梁是一片地毯一样的金黄草甸。风一吹，草像丝绒一般起伏，以仰望的视角，金黄与蓝天相衬，格外耀眼。

▲二梁春季金黄草甸

二梁南边大片深沉的冷杉,与冷杉前深黄色的冷箭竹林,像两面墙一样,阻挡着更高山峰的寒流,让这片草甸美得像一片迷人的伊甸园。

秦岭最美的原始森林

从二梁向南,进入雪线。起初,平缓的山脊上,雪围着一些杂乱的灌木。不久,山势陡立,第四纪冰川孑遗冷箭竹、冷杉和高山杜鹃出现了。

从二梁望上去,这座叫大梁(也叫东梁)的山峰很平常。但进入之后,这种印象便完全改变了。这是一座美得令人窒息的山峰。

高山杜鹃还活着。是的,它当然活着。我说它"活着",是因为它的叶子在白雪皑皑下依然碧绿。这太神奇了!更神奇的是,那些刚刚钻出地面的杜鹃,它们尺把高的绿色的小小身影,浮在雪面上,令人分外感动。

冷杉是这面大坡的绝对主角。它们既俊秀又高大挺拔,密密地伫立在雪坡上。午后的阳光,照耀着它们身上裹着的黄绿色的苔藓,也将它们修长的身影投射到纯净的雪地上。世界空灵起来,灵魂变得孤寂。

海拔2800米,有队友说浑身发软,这好像是提醒,我突然有酒后微醺的感觉——分不清这到底是生理反应,还是心理反应。总之,两个小时,在这片陡立的需要带着冰爪的、令人眩晕的林海雪原跋涉,唯一的感觉就是幸运。这是多么幸运且奢侈的享受。生命中总有太多意外和惊喜,让人猝不及防。

▲ 浮出雪面的新生高山杜鹃

走出这片原始森林，是一片低矮的落叶松，它们枝干古怪奇特，片叶不留。它们的生存海拔与冰晶顶相同，寒冷和凌厉的风压缩了它们的高度，但它们变换形态，顽强生存。

秦岭之春

▲ 东梁的高山杜鹃和冷杉林

东梁，我的恋人

　　登上海拔 2965 米，到达东梁最高处大梁。这座在秦岭排名第四的高峰，在驴友圈也是名声赫赫，是秦岭经典穿越路线之一。

大梁有茂密的高山草甸，北缘是低矮奇特的树木。驴友在山巅一棵低矮的树干上挂了一块牌子，上书"东梁，我的恋人"。这种直接而炽热的表达引起登顶驴友的共鸣，于是纷纷留影。听风鼓动大寺老刘赤身留影，而后自己也脱光了上衣，两人在呼啸的寒风中，奋不顾身。这是驴队的惯例，下雪、大风，男队友脱光是必须的。

在大梁环望，整个东梁，呈飞鸟展翅的形状。纵横的雪岭似乎在旋转。冰晶顶、光头山、太白山、天华山、首阳山等环绕，这些山峰都不是等闲之辈。遥望这些登过和没登过的山峰，激起攀登和再次攀登的强烈欲望。

有人说，生命顶级的活法，就是庄子讲的"逍遥"。幸运的是，我们可以逍遥地跋涉秦岭的这些绝色山峰，感受一种充满诗情画意的空灵境界。我更庆幸没有向"正常人"妥协，对秦岭爱得热烈而疯狂。梵高说："没有某一种疯狂，看不见美。"

下午三点半开始下山。驴队进行 P 型穿越，即从大梁南下至大梁和南梁之间海拔 2855 米的一片 U 型草甸，下穿一片白雪皑皑的原始森林及次生林，到河谷地带，五点四十分在河边与上山的小路会合。短暂的休息之后，我们拿出手电和头灯，穿过乱石滩和落叶松林。走出山口，抬头望见繁星满天的醉人星空，疲惫顿时消失。

晚上八点一刻返回秦岭服务区。

▲ 东梁之巅南望秦岭群山

登山简历

2020 年 3 月 14 日，八人驴队从西汉高速秦岭服务区登东梁 P 型穿越。

驾车路线：西安绕城高速—西汉高速—秦岭服务区，原返。

徒步路线：秦岭服务区—三岔口—石海—二梁草甸—大梁—南梁 U 型垭口—三岔口—秦岭服务区。

徒步时间：7：55—20：15，用时约12个小时，徒步约22公里。

海拔：海拔区间 1600～2964.6 米，高程 1364.4 米。

重要提示：夏秋登东梁一定要看当地天气预报，严防洪水。

云归秦岭

太白山行记

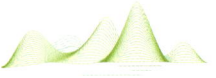

在绝色中妄想

多次到太白山,从南坡、西坡、北坡不同的角度和它接触,但均因俗务未能登顶,这几乎成了我的心病。

此刻,我就坐在这里,坐在太白山海拔 2800 米如同宽敞院落的聚仙亭。这里位于下板寺索道起点,也是登山者的大本营。斟一杯店家自制的略带一丝甜味的太白药酒,看傍晚七点半的夕阳妙曼起舞。

其实,下午两点我就到达这里,凉爽的睡眠褪去了从城市带来的燥热。而后,和邂逅的武汉大学的几个学生探寻了伸向北侧的七女峰。当他们告别我这个"酷前辈"嬉闹着下山后,我坐在王母庙前的缓坡上,遥望对面大片盛开的白色杜鹃,妄想着隐藏在它们身后的山头和险途,妄想着明天的艰险和美景。能否到达顶峰,一切还是个未知数——之前咨询时,景区工作人员说只能到景区终点"天圆地方"处,之后的道路因积雪而异常凶险,游人无法到达。这时,一位中年道士迎面而上，我和他打过招呼，打探从上板寺到顶峰拔仙台的相关资讯。他打量着我，淡淡地说，你能上得去，按你的体质大概需要七小时。我大受鼓舞，忐忑的心才安顿下来。

太阳散淡的光线渐渐收敛，浓缩成质感而锐利的金色光芒，在周遭瞬间聚成褐色的云翳中伸展，随即幻化成一轮清晰而炫目的金色磨盘。深褐色汹汹淹来，漫向金色的磨盘，将它的下方调和成银色。于是，银色和金色在推移，当它们成二分之一切割线时，时间停滞了，天际的绝色之美凝固了自然和万物！惊愕中，银色彻底覆盖了金色，瞬间，磨盘像被点了鼠标，迅速消失在沉沉暗色中。

放松因过电般的震撼而紧绷的神经，心中不禁慨叹，最美的景致还是天地自然的造化，可惜这种美太短暂了。如同生活，美好的东西往往瞬间即逝。

黑夜将对面的山体遮掩，只剩下黑黢黢的轮廓，松涛声在静谧中更显惊心动魄。寒气渐重，人们陆续回房休息了。我想起两句诗："早辞盛夏酷暑天，夜宿严冬伴雪眠。"诗词就是这一天经历的写照。我裹上宽大的防寒服继续独斟，身体和灵魂被神秘和敬畏严实地包裹。

地理中的太白山是权威的。它是中国南北分界线著名的秦岭山脉的主峰。秦岭山脉是我国南方与北方的天然屏障，也是长江、黄河两大水系的分水岭。太白山作为秦岭山脉的主峰，其自然地理条件就更为独特，它主宰我国的南方和北方，主宰物产、水源，从某种意义上，它主宰人以及上千种动物、万余种植物的命运。这里海拔落差大，植被的垂直分布既典型又清晰；更有保存完整的第四纪冰川地貌，是典型的山地垂直梯度气候，一天之内就能感受到"一山有四季，十里不同天"的奇妙景观；在海拔620～3511米的山地范围内，分布了地球上数千公里范围内才有的气候带、植物带和动物带。成为大约1690种野生动物、昆虫繁衍生息的伊甸园，是珍禽异兽的天然乐土。运气好的话，还能与国家一级保护动物金丝猴、大熊猫、羚牛，以及云豹、金钱豹、红腹角雉、苏门羚、大鲵等珍稀野生动物狭路相逢。

神话中的太白山是神秘而庄严的。"金星之精，坠于终南之西。"时光倒转三千六百年，姜子牙轻掸神器拂尘，飘然落顶，严辞正声，封神一百零八。从此，天神除妖助政，

▲ 太白山（摄影 见澈）

佑护百姓生灵。更有《眉县县志》记载，太白山顶天池，"池有潜龙，其上常常云雾笼罩。"相传大爷海中有海市蜃楼，可以看见故去亲人之容貌。太白神的传说更有很多版本，民国时期国民党元老于右任认为太白神为尧、舜、禹；陕西省道教协会会长任法融道士考证，民间太白庙祀神，大太白为伯夷，二太白为叔齐，三太白为李白，道教与这三位历史名人积仁洁行，品质如玉，一样莹白，一样坚贞。

　　历史中的太白山是厚重而浪漫的。自古太白山就是一座名山。夏商时称"物山",周代称"太乙山",至魏晋始称"太白山"。历代帝王对其封王加侯,文人墨客的足迹更是遍及山中。唐宋以来,有数十位古今名人学士曾慕名游历太白山,留下百余首脍炙人口的诗篇。"西上太白峰,夕阳穷登攀。太白与我语,为我开天关。愿乘泠风去,直出浮云间。举手可近月,前行若无山。一别武功去,何时复更还?"李白的诗篇《登太白峰》千百年来广泛流传。现在太白山上的景点"开天关",正是从李白诗中汲取灵感而命名的。唐代白居易在做周至县尉时登太白山,不仅写下多首与太白山相关的诗作,还在太白山下的仙游寺写就了传颂千年的《长恨歌》。苏轼在凤翔府任上遇旱灾,于是前往太白山为子民祈雨,果然灵验,甘霖普降,欣然写下散文名篇《喜雨亭记》。清代"关中三李之一"的李柏(字雪木,号太白山人),拒官不做,躲进太白山拾槲叶作诗,他作的槲叶诗被大清康熙皇帝亲笔题为《槲叶集》。民国时于右任登太白山到菩萨大殿时,见庙旁巨石睡佛出口道:"我想学你睡,谁来把国保。"并写出了《太白山纪游歌》,盛赞太白山美景。一些庙宇还保存有许多楹联、匾牌、画像等,体现了太白山浓郁的宗教文化。唐代著名医药学家孙思邈,人称"药王",长年隐居太白山中，研究太白山中草药为民治病，太白山中至今还遗留有他采药走过的栈道和捣药的碓窝。

　　传说中的太白山是令人畏惧且极具吸引力的。有人说，登太白绝顶绝非一般人所能及，理由并非它是不是比珠峰更高，而是它的变幻莫测。你不知道它什么时候发怒，亦不知它什么时候笑逐颜开。山下的气象预报永远摸不着它的脉搏。1956年中国国家登山队成立，攀登的第一座山峰是太白山——我国的登山运动员在攀登珠穆朗玛峰之前把攀登太白山作为战前的演习。1992年，洛阳轴承厂的6名探险者，成功登上太白山顶拔仙台后在山中意外走失，在高寒雪原苍茫林海中，以4人死亡的代价震惊了世人。2001年5月5日，来自上海的大学生业余登山爱好者华峥嵘，在海拔3600米左右因大雪迷路失踪，后在海拔3456.8米高度的三爷海一个山梁上发现他冻僵的尸体。每年，都有消息传来，有登山的人遇险；每年，都有山民在原始森林的树枝上，发现倒挂着的衣物和若干年前的骷髅。这一切都向人们昭示了太白山的神秘、森然。然而，每年都有全国各地大批的背包族慕名攀登，南北百公里穿越俨然成为驴友的必修课。

山风骤起，汹涌的林涛营造出一种慑人的静谧。一丝恐惧如酒精般渗入体内，起身迈下长长的石阶，回到木板房。

遭遇瞬间的绚烂

六点钟起床，为了赶时间决定乘索道缆车到上板寺。坐在工作人员提前为我们开放的第一班缆车里，季节和风景在身旁和脚下变换。此时，云还没有睡醒，懒懒地簇拥着沉在半山腰。轻灵的白杜鹃含着露珠，在晨风中微颤。依然裸身的红桦，绸缎般光滑的枝干上，露出几处绛黄色的肌肤，如同解开华丽的衣扣。而那些灌木，还保持着冬天的姿态，枯燥地伫立在坡上。上板寺到了。

向北回望，劲烈的风已经将下板寺一线砌成日常的云海，朝阳隐匿在更高的云层中，脚下灰暗厚重的云海浩瀚而不灵动。气象预报说今天的天气是阴转多云。要欣赏更美的风景恐怕只能靠运气了。

转身前行，见两个学生模样的年轻人大汗淋漓地站在那里。凭经验，一眼就看出他们的体质不错。他们是西工大大二的学生，今天的目标也是登顶，于是我们愉快结伴。此刻，是早晨七点钟，登山正式开始。

一方异彩揭去了满天的睡意，明霞流溢，倾泻在我们身上，也涂在路边大片的还没有生出绿色的冷杉树上和它们脚下厚厚的隔年针叶上。我们在油画中行走，在原始森林的浓烈气息中呼吸。曾经吹动诗仙李白飘飘衣袂的山风，轻拂我们汗湿的脸，而后在石径上轻盈地飞奔。

这里是海拔3200米以上的高度，集中分布着太白红杉、巴山冷杉、牛皮桦、红桦、栎类原始森林。之前我查过资料，太白红杉林为秦岭特有，属国家二级保护植物，在国内外独一无二。最具太白山气势和神韵的可能要数这些树木了，当山风吹过，呼啸的枝叶好像奏响了命运交响曲。它们当初降生在岩缝里，没有多少土壤，一天天，一年年，生命的渴望一寸寸地洞穿了脚下的石头和头顶的岁月，它们盘根错节，青筋裸露，以傲然的气势抓住了大山，鼓舞了登临者的勇气。这些携手成林、面坡而居的杉树族被称为"风向树"或"旗形树"。为适应环境，并保证最低的能量消耗，它们痛苦而

云归秦岭

决然地削减了一半的枝干，另一半的枝干则塑成风的形状。置身于这样畸形而顽强的"风向树"中间，你可以感受到山的呼吸是怎样的沉重，而山的旗帜又是怎样的悲壮！

很快，我们站在海拔 3300 米的拜仙台，站在悬空的巨

▲ 太白红杉

大巉岩上。东方，雀屏似的金霞从云的肩上腾起，展开在大地的边缘。西北望，已被劲风牵成奔马的云，在点缀着斑斑积雪的蓝灰色的山体和晨霭的映衬下，孤傲神逸，整体弥漫着一种肃穆和空灵。

相传当年苏东坡为解关中大旱曾在此长跪三日拜仙求雨，且得灵验。此时，我想起《水经注》中记载的太白山："南连武功山，于诸山最为秀杰，冬夏积雪，望之皓然。山上有谷春祠。春，栎阳人，成帝时病死而尸不寒，后忽出栎南门及光门上，而入太白山。民为立祠于山岭，春秋来祠，中止宿焉。山下有太白祠，民所祀也。"太白山是一座神山。

"天圆地方"是一般游人的终点。这里是第四纪冰川的遗迹，地势平坦，巨大的磐石或立或卧，有一种雄伟壮阔的气象和绝途的氛围和意境。

"天圆地方，本乎阴阳。阴阳既形，逆之则败，顺之则成。"我的记忆突然"摆渡"到也许和这里没有什么关联的经书记载。也许，世事变幻皆为顺天地、逆阴阳之因果吧。

我沉浸在道家的思辨中，不禁转向东望，掩藏在青罩万壑之中的不远处，是"天下第一福地"楼观台。楼观台是中国古代圣哲、大思想家老子讲说其伟大著作《道德经》的文化圣地和道教祖庭，是中华文化之魂所在地。其近三千年的历史留下了深厚的文化积淀，有文化古迹、遗址六十余处。楼观台浓厚的文化气息和仙道之气弥漫到太白山，自古僧道文士骚客，留下太多的诗篇和传奇。

当我们平息牛喘离开这里时才知道，好运气到此为止。

▲ 天圆地方景区

炙热和严寒的淬烤

"天圆地方"朝西是一道下斜的山梁。我们尽可以闲庭信步，但没有人轻松得起来，包括在拜仙台加入我们行列的西安石油大学大三的小蒙和他四十多岁的舅舅。大家心里清楚，以后的路途凶吉未卜。

才近垭口，飓风骤起。风似乎要把人抬起来，轻飘的脚步几乎扣不住地面。没等我们回过神，飓风携着黑压压的云气，猛烈袭来。霎时，寒冷彻骨，冷气直刺刚刚流过热汗的后颈，如同一只手，生生地拽着后脑勺，整个脑袋生疼。很快，云生成浓浓的雾气，彻底把我们包围，能见度不足六七米。一种深刻的恐惧直入心底。"山下军行，不得鼓角，鼓角则疾风雨至。"我想起经书记载，也许是我们不小心惊扰了山神，山神还我们以颜色。

我们互相照应着，在一个背风处休整，添加衣服。穿上抓绒衣和防寒服，寒冷顿时消失。这时，发现西工大瘦高的金浩没带御寒衣服，仅一件T恤短袖外罩了件单层夹克。此刻他脸色铁青，浑身发抖，我便把自己备用的毛衣递了过去——那件桃粉色加横道的开襟毛衣，在他一米七八的身量上，显得那样滑稽。大家忍不住笑了起来。我说，顾不了那么多了，就这样吧。

艰难而忐忑中，小文公庙到了。这里是景区和林防站的交割地带。林防站有四五间房舍，有三四个裹着军黄色棉大衣的工作人员和一个肤色如高原上生活的中年女人。看着女人手里很旧的砖头收音机，我询问今天的天气。"天气很好，没问题。"一位工作人员一边收我们的林区保护费，一边淡然地回答。他们见多了我们这样的登山者。

两个看上去有三十多岁的小伙，冲出客栈，像见到亲人似的激动地连声道：终于有人来了。他们是昨天上山住宿这里的，看到今天恶劣的天气不敢贸然前行。这时，从新疆武警总队复员的小刘也加入我们的行列。人多胆壮，我们拾起山友留在这里的棍子，八人的队伍浩浩荡荡出发了。

我们开始穿越约五公里的第四纪冰川遗迹——石海。这里有角峰、刃脊、槽谷、石海、石河、石环、石玫瑰、冻融岩柱等地理名词。这许多远古时代流传下来的第四纪冰川遗迹是太白山珍贵的家史，也是中国乃至世界地质史上不可多得的宝贝。两百六十万年前的第四纪冰川，如同艺术家雕刻的奇峰耸立、怪石遍地的艺术品，U型谷留下冰川当年冲刷的荡气回肠的线条。这些遗迹犹如地质史上的甲骨文，描述着一个洪荒年代的结束和一个新生命期的到来。

恶劣的天气似乎也被旺盛的人气冲散。日头在云层中或隐或现。风静止了,炎热立刻炙烤得人大汗淋漓。没等我们脱掉衣帽,一拐弯,大风携着寒气再度袭来。就这样,我们在酷夏和严冬不停地轮回中,被炙烤和冷却,我想如果我们是棵树,那树干的年轮一定增加了好几圈。

我努力遏制住对音乐的饥渴——行进中我从来都是与音乐为伴的,音乐的供给如同面包、水和空气一样的必需。我的背包里就背着碟机和厚厚的 CD 包,但此刻不能够。我无法挑选出和这座神山匹配的音乐,喜多郎的空灵不能附和它的激越壮阔,班德瑞的轻柔闲适无法衬托它的神逸,恩雅的另类无法宣泄它的狂暴性情。更重要的是,我必须全神贯注于脚下。一不留神,脚下松动的石块,就会把你撂到山下的滚滚石林,或者崴了脚,或者把腿脚陷进石缝里。我被迫专情于行走。

在我低头暴走的视线内,一种匀称地分布在石头上的苔藓,像绣上去的精制的荷叶,生动展示着鲜艳的翠绿。而在石缝中努力伸展的像极了蒲公英的鲜黄色小花,在大文公庙前密密地铺展,她的花朵比温暖的关中平原上的蒲公英小得多，但她透出的质感和力道是平原上的蒲公英所没有的。

"哇，太棒了！"当我们环绕着起起落落的山头行进时，走在最前面的金浩和袁原大叫起来。我们立刻赶上前去，只见在我们的脚下、前方，一湾清雾拥着几簇白云，缓缓移动。牛仔裤李立刻拿出摄像机，其他人也操起"家伙"。而后，稍作休整。由于每个人体质不同，在消耗大量体力后，爬"好汉坡"时就拉开了距离。西工大的两个学生很快在前方不见了踪影，而其他人被甩出很远。只有做过武警的小刘和我体力相当，在视线范围内，在相隔十几米处心照不宣地互相照应。

这时，一队装备齐全的男女驴子从身边迅速穿过，两个山民用木板抬着一个崴了脚的男子。他们是三天前从南坡登顶的，昨晚就露宿在大爷海。我充满敬意地向他们打探情况，一个四十多岁的男子冷冷地说："要露营你的装备不行，会冻死的！"

到大爷海时，两个学生已经在那里绕湖一圈。大爷海被阴暗的天气和浓雾笼罩，一派森然。周围是厚厚的积雪，神秘如同侏罗纪。我不能相信，两年前，国家科考队员和央视联合在这里进行探底科考时，通过银屏在全世界面前亮相的大爷海以如此尊容呈现在我的眼前。之前,我了解到,太白山在海拔 3000 米以上有包括大爷海、二爷海、三爷海在内的 6 个高山湖泊,系冰川遗迹之冰斗湖、冰碛湖、冰蚀湖,水面 1000～8000 平方米。湖面平静,碧波荡漾,清澈凛冽,洁净无杂,呈串珠状排列于拔仙台南北,被誉为"山明珠""白天池",湖边常有白顶溪鸲小鸟,飞行敏捷,鸣声啾啾,见人不惧,飞临水面,衔取湖中草叶,人称"池鸟""净水童子"。此刻,我只能慨叹运气不佳。

▲ 大爷海

云归秦岭

在天地接吻过的高度

马上要冲顶了。但路途更为凶险,开始融化的积雪,将崎岖陡立的路和成滑湿的泥浆。更糟的是年轻的袁原有了高山反应,头晕得厉害。石油大学的小蒙和他舅舅已经被寒冷和疲惫折磨得放弃登顶。这时,比我们提早到达这里的两个女孩蹲在路上大喊心脏受不了了,不愿挪步。守在一旁的两个男孩不知所措。我说:"我比你们多运转了二十年的心脏都能受得了,你们一定能行。否则,你们会遗憾的。"

一个女孩立刻站起来豪气地说:"上,豁出去了!"后来,这个 22 岁的女孩站在顶峰激动地和我拥抱。后来,这个女孩在 QQ 上和我成了忘年交。

我们开始手脚并用,艰难挪步。我们互相不停地提醒,不要滑倒,不要踩翻石头。身后大雾掩盖了悬崖深渊,令人更加惊惧。此时,任何一点闪失后果都不堪设想。我大喘着气,心脏几乎要从嗓子眼里蹦出来。

当我们终于爬上陡坡,只听有人狂喊:"我们登顶

秦岭之春

了——"

眼前是雾色弥漫的浩瀚石林。空旷的平顶上，矗立着成堆或大或小的柱状石堆，那是玛尼堆，是人们对上天的敬畏的表达和祈愿。我强烈的感受是，这里是地的尽头，是天的起点。我想，天和地在这里接吻过，不知是什么力量使得它们分开。有一种不属于地球的错觉。那棱角分明的褐色的石块分明承受了雷电的击打和岁月的浸染。

相传殷周之战结束后，这里是姜子牙斩将封神之地。它的每一块石头都具有灵性，每一缕空气都带着仙气。我穿过地上铸有"明万历九年""万历十三年""乾隆九年"等字

▲太白山之巅拔仙台云海（摄影 见澈）

样的锈迹斑斑残碎的古铁片，穿过时空，走进悬崖边的庙宇。我不是信徒，此刻却虔诚地长跪不起。我对着几千年前的姜子牙默诉我对这里长久以来的牵念，诉说我的祈愿，我居然泪水盈盈。我看见，神对我微笑。

"坚冰连夏处，太白接青天。云塞石房路，峰明雨外巅。夜禅临虎穴，寒漱撇龙泉。后会不期日，相逢应信缘。"耳畔是唐朝诗人贾岛的诗句。

拔仙绝顶，又名拔仙台，雄踞于秦岭群峰之上，为太白山最高峰。其形如一个不规则三角形锥体，三面凌空，孤高峥嵘，参天入云，雄险无比。台顶宽阔平坦，向西南倾斜，西宽东窄，台上有封神台、雷神殿。穿过时光的隧道，这一片起伏的山峦在几亿年前还是一片波涛汹涌的大海，历经了火山喷发，江河倒流，山崩地陷的巨变，太白山横空出世，为中华大地画出一道南北气候的分界线。它一昂首，秦岭的身高就长到了三千七百多米，东半个中国没有一座更高的山能够阻挡其视线。正是由于这样的阅历和气势，太白山有了东岳的雄壮，西岳的奇险，南岳的秀美，黄山的空灵神秘。然而，它又是一座只属于自己的山，博大、深沉、壮美、雄浑。

▲ 太白山拔仙台、大爷海、二爷海、三爷海、玉皇池（摄影 见澈）

坐在涂有红色3767米标识的悬空峭石旁，感觉坐在历史和世界的制高点。俯瞰整个太白山和秦岭连绵起伏的山脉，内心已没有了早就预备好的骄傲，相反，充满了对这座在我心里俨然是神山的敬畏和对自然不可知的畏惧，充满了太多的感慨。年复一年，日复一日，人们揣着激情，去登高望远，看日升日落，并不是为了最初或最后的一幕辉煌。登顶作为目标意义已经不再重要，我们渴求在跋涉中感知生命，在寻找中享受过程，真正的快感和享受在于徒步攀登的过程中。我们战胜了自己的怯懦，挑战了自我，超越了自身的极限。"地之险易，因人而险，因人而异；无险，无不险；无易，无不易……"

下午四点半返回上板寺时，游人已经彻底将这里占领，人山人海，恍如隔世。

独自坐在回程的缆车上，留恋地看着两侧的风景，心里一片宁静。

把自己塞进中巴车里，正式告别太白山。颠簸的山路中，一天的经历开始在脑海中回放。记忆中又多了许多幸福的收藏，在心灵最柔软的地方。也许无法与别人分享，也许无法被完全理解与诠释。这是一种可以独自享受的深刻的幸福。

登山简历

2006年5月4日至5日，独行太白山，登顶最高峰拔仙台。

第一天：西安火车站东广场，乘坐西安至太白山旅游公交专线车，行110公里到达西汤峪镇。从景区正门进入太白山，乘景区游览车到达下板寺（需要购买景区门票和游览车票），宿下板寺，原返。

第二天：下板寺（乘缆车）—上板寺—拔仙台，原返。

徒步：上板寺—拜仙台—天圆地方—林业站（小文公庙）—石海—大文公庙—好汉坡—大爷海—拔仙台，原返。

装备：登山包、双杖、太阳镜、多用头巾、防晒帽、防风帽、护膝、手套、保温水壶。

自驾路线两条：

1. 从西安或宝鸡走西宝高速公路，从太白山出口（有太白山国家森林公园标志路牌）下高速，直行约15公里抵达山口。

2. 从西安走环山路，西行约140公里进入西汤峪镇，到太白山口。

重点提示：太白山一日四季，需带上四季衣服；因下板寺有农家乐，带一天的食物即可；对高海拔反应强烈的，带上氧气瓶。

备注：在2006年登太白山时，拔仙台海拔标识和测量记载为3767米，2022年再次登拔仙台，新标识和景区资料均为3771.2米。

春天拜谒黄峪寺

未进山门,几株桃红杏白。

山里的杏花开了吗?

2012年4月,入黄峪山门,在新修的度假村前,桃花、杏花和樱花争相开放,遂笑言:"这里的花儿开乱了。"友说:"百花齐放。"

一连两天的春雨,让小路泥泞,黄峪河水泛涨。小心地跳过河水漫过的卵石,在泥泞湿滑中前行。

阴暗的天气里,略显烦闷。友不大喜欢这种不够敞快的山沟。她喜欢小五台,有起伏的山头。我笑言:"小五台太小儿科了,对于山友来说。"

第一道陡坡后,我们来到了山友们通常休憩的凸出的小梁上。我急迫地走过去。

那两株杏花开了!我喜出望外。

看起来是两株,但不是。山里的杏树没人打理,四五株杏树密密地挤在一起。俯瞰,杏花就鲜艳地撒在翠绿的松树旁。我们用相机记录了眼前的美丽。它们在我的造访史上花枝招展。

继续深入,在通往黄峪寺村半山坡的老核桃林,友微喜,有村庄的气息。

再上,至敞亮的田地,友大喜,欲四处转悠。我让友先行按捺。

至村口,见家家房前屋后,坡上坡下,棵棵老杏树,枝头点点繁星,千般嫣红,万般娇媚。

此行,是专门寻访杏花的。杏花未开,花蕾含蓄得令人心醉。

见古老的树木众多,友慨叹,这是一个古老的村子,在这样高峻的山里。

有山友在下营农家院里用餐。

我们没有停步。我固执地带着友走到中营那家院子里有棵老杏树的农家。

▲黄峪寺的春天

玲玲农家乐。农妇玲玲正给几个先到的驴友炒菜做饭。我安顿了我们的饭食，带友继续在村庄里转悠。

屋后一棵歪脖子老杏树恭请我们通过。上一个山峁，一片新栽的杏树林在迷蒙的雾里爆着初蕾。友兴致极高，曰："这村子应叫杏花峁。"

雾渐散，四面开阔，远处的高山露出被新雨梳洗过的清丽。友喜极，曰："终于找到陕北大山的感觉，找到了一个可以常来的好地方。"

泥泞的路边，一大婶在择筐里的荠荠菜，面前放一袋择得干净的白毫芽。我们蹲下来和她拉话。大婶言，近处已无野菜，这些是她一早从远处挑的。她仔细地剪掉菜根和枯叶，码放整齐，寒风中冷得浑身发抖，拿剪子的手都冻僵了。心有不忍，遂买了她所有的白毫芽和荠荠菜。

返至玲玲农家，见玲玲正在擀面，她患风湿的脚痛得都站不住了，我就接过擀面杖，擀好面，切成宽条。友协助烧火，下面。热腾腾、香喷喷的菠菜油泼面，我们吃得开心。玲玲也很开心，插空坐在我们跟前闲话。

饭毕，谢过。我说："我们下次再来。"玲玲说："来嘛，两周之内，杏花就开了。"

我知道我还是心急了点。但好在没有错过。友决定，杏花开了的时候再访。

从老路原返。入夜，在中孝介的"花海"里进城。

黄峪寺村往事

躺在还没有泛青的路边草地上，用遮阳帽盖住脸。

草是温热的。不一会儿，双膝就像火炙般热辣。

四月的风在不远处呼啸，一会儿带着哨音，一会儿滚雷似的，但就像被施了魔咒，进不得这块叫上营的地盘，只在我们的听觉里狂舞。

这里是秦岭深处翠微山下，曾经的黄峪寺村。杏花才谢，满村的老杏树。桃花正红，是栽植不久的弱小桃林。往昔不怎么入眼的白的李子花妖艳地铺陈在蓝天里。只有那些老核桃树、老栗子树沉着地保持着冬天的姿态，干枝硬骨，无花无叶。

山友们在歇息，嬉戏。

我的意识开始模糊。

2004年的正月初四，我和朋友从黄峪入山，在河边踩着深雪，爬上高坡，来到这个年味十足的村庄黄峪寺村时，还不知晓千百年前的那些事。我们拖着湿透了的鞋袜和湿透了的裤脚，敲开中营一户人家的门。我们被淳朴好客的一家人让到热炕上，捂上被子，捂干了裤袜。山里人待客的核桃、花生、柿饼一齐端上。还有，特意为我们做的苞谷面浆水鱼鱼。临走，女主人站在院畔的老杏树下招招手说："六月，带娃来吃杏啊。"

二次登山到黄峪寺村，走到中营村口，见院子中间的农家乐坐满驴友，热热闹闹地吃饭、聊天。院子那头，一个年轻农妇孤零零地坐在自家门前的桌椅旁，眼巴巴地看着邻居的热闹。我毫不犹豫，径直走到她的桌前坐下，点了饭菜。我看到墙上用红色油漆写了"玲玲农家乐"几个字，这就是我曾经来过的农家。孩子们到山下的学校上学，男人有时出去揽工，女人就在家里留守，开了农家乐。后来，每次和朋友爬山来这个村庄，肯定就在玲玲农家乐，点几个家常菜，一人一碗油泼面或浆水面。

这个叫玲玲的农妇已不记得我，我也未提及过往。时间久了，她会和我拉拉家常，会发发牢骚，说大她很多的男人说话不算数，没有兑现娶她时答应把她深山里的家人的户口落到这里的承诺；也会扭头对闷头干活的男人数落几句。我劝她："你有三个儿女，多让人羡慕。"玲玲就展颜一笑。再后来，玲玲农家乐也红火了。但山里寒冷，玲玲得了严重的脚风湿，几次见到她做饭都疼得站不住。我们就自己动手,我擀面,同行的伙伴烧火。

农妇玲玲对我颇有些私心,在吃杏的时候,会递给我挠钩(关中叫勾搭)悄声叮咛,屋后那棵树上的杏熟透了。

黄峪寺村的变迁

黄峪寺村位于秦岭浅山区,海拔1260米,东有翠微山,西有观音山,南有万华山,北有青华山,群山环抱,植被丰富,尤以百年老杏树独特。这里气温比西安低5～10℃,每年的春夏秋冬,西安城及周边的驴友,从黄峪、白石峪、鸭池峪、子午峪、沣峪爬上这个山间平台,享受杏白桃红和白鹃梅的清香,以及香甜的山杏;享受满山红叶,老核桃,毛栗子。人们最喜欢的还是山野风景和淳朴的民风。也有一些人驾车从沣峪口南行五公里进入大蒿沟,直上黄峪寺村,在敞开式农家小院打牌、消闲,吃一顿农家饭,惬意而归。

这翠微山下的山间村庄,地势平坦,土地肥沃,方圆约一平方公里,有七百多年建村史。有村民说他们的先人是清朝时住到这里的。民国宋联奎《咸宁长安两县续志》记载,清末时"金沙河其源有二,西为黄峪水,即前志太和谷水",并且记有黄峪口和黄玉寺两村名。沿袭清朝的黄玉寺村名,1978年长安县公安局给村户挂门牌时上面就写为黄玉寺,村委会就叫黄玉寺村村委会。黄玉寺村的村民姓氏有二十多个,有孙、李、楚、辛、刘、苏、吕等姓,说明他们祖上是在清朝初期从四面八方来的,其中就有不少商县人来此开荒种地,然后落户。村民说,当初老人听当地人说这里叫黄玉寺,其实,黄玉寺也是皇峪寺的演化。不知何时,黄玉寺村又变成皇峪寺村、黄峪寺村。

黄峪寺村74户290人有余,村民居住在上营、中营和下营三个阶梯式居住点。2013年前,村中有一所小学,二十多个孩子在一至四年级四个班中学习。村里有耕地约500亩,种植小麦、苞谷和黄豆等作物,人均山林二十余亩。北坡有大片的栗子树林,村前屋后有很多老杏树、老核桃树,以及栗子、苹果、柿子树,仅百年以上树龄的杏树就有三百多株。春季花红树绿,夏季长风绿荫,秋季金叶扑面,冬季白雪覆盖,萧瑟空寂。东上,可登翠微山,穿越至沣峪、子午峪和鸭池峪;西南望,岭脊陡峻,可观纵横交错的秦岭山脉;北眺,有一望无际的关中平原,并可穿土地梁,直通青

▲ 翠微山下黄峪寺

华山卧佛寺、丰德寺，以及凤凰山下的净业寺。春夏秋冬，驴友造访的脚步从不停息。

2013年8月，黄峪寺村整体搬迁至山下，更名黄峪寺新村。从此，这座古老的村庄变得落寞。

唐朝那时的事

这个小村庄，曾经很不平凡。

秦岭之春

一千三百九十七年前,这个叫黄峪寺村的地方发生了一些与朝廷和政治有关的事。出身中国北方贵族的李渊在成为唐朝开国皇帝七年后,大兴土木,建造行宫,武德八年(625)四月在终南山营建了太和宫,还没怎么享受,一年半之后被迫将皇位让给儿子李世民。贞观十年(636)太和宫废。十一年后,公元647年的四月,唐太宗李世民苦于京师酷暑,公卿上言,请修废太和宫。厥地清凉,可以清暑。于是遣将作大匠阎立德重修太和宫。包山为苑,自裁木至于设幄,九日而毕功。因改为翠微宫,正门北开,谓之云霞门。视朝殿名翠微殿,寝名含风殿。并为皇太子构别宫,正门西开,名金华门,殿名喜安殿。可见当时翠微宫十分壮观。从现今随处可见的条石、砖瓦,及大量经过加工的巨石来看,翠微宫的工程及所费人力、财力是相当巨大的。据史记与考古记载,唐翠微宫位于今西安市南约27公里的长安区滦镇黄峪寺村。

唐太宗在世的最后三年,有两年暑夏是在翠微宫度过的。于是这里成为了唐朝的政治中心。唐人刘禹锡在《翠微寺有感》里描绘太宗在翠微宫时的盛况:"吾王昔游幸,离宫云际开。朱旗迎夏早,凉轩避暑来。汤饼赐都尉,寒冰颁上才。"峪里修建的不只是有四座宫殿,而是在两侧有成片的附属建筑，有办事机构和众多朝臣、士兵居所。

在这里，这位唐朝最有建树的皇帝做了最深刻的政治反思，政权也在这里交接。

贞观二十一年(647)五月，唐太宗避暑翠微宫。在大自然博大的怀抱里，已经衰老的太宗沉寂下来，召集群臣于翠微殿。"自古帝王虽能平定中原，却不能使戎、狄敬服，我之才能不及古人，而成功却超过古人。"太宗总结出著名的五个原因，其中两条很值得玩味："人主亲近贤臣时，恨不能置之于怀，远离小人时，则欲推之于沟壑，我见贤者则敬之，见不肖者则怜之，贤者、不肖者各得其所"；"人主多憎恨正直，阴除显戮，历朝如此，我登基以来，正直之士比肩于朝，未尝因此翔责一人"。太宗本人是否真正做到，留待史学家考证，重要的是，这些总结也是可贵的治国齐家平天下的智慧，值得后人思考。

贞观二十三年(649)，唐太宗在世的最后一年的四月，又来到翠微宫。青山依旧，太宗却又衰老了许多。五月，太宗病加重，含风殿内，令长孙无忌、褚遂良辅佐太子，留下遗诏之后，溘然长逝。

据传，唐太宗驾崩的先天晚上还和玄奘三藏法师在宫内长谈。太宗驾崩后，太子李治在公卿拥戴下于翠微宫内含风殿登基。为了稳定政局，太宗李世民去世后，秘不发丧，四千御林军护送着"龙驾"由翠微宫回到长安的太极宫。一个月后在太极宫发丧，安葬太宗于礼泉的昭陵。

此后，再无帝王行幸翠微宫。

唐宪宗元和年间，废翠微宫，改置翠微寺，后人称其为皇峪寺，今谐音黄峪寺及黄玉寺。后翠微寺荒废。早在中唐时，诗人骊山游人游翠微寺，留下《题故翠微宫》一诗："翠微寺本翠微宫，亭台楼阁几十重。天子不来僧又去，樵夫时倒一棵松。"可见，刘禹锡所处中唐时期这里已经成了一片荒野。

唐末，长安多数佛教寺院夷为废墟，而地处终南山的翠微寺尚无大的损毁，仍香火不衰。翠微寺在唐代为文人、名僧和诗僧驻留交游之地。历代名人雅士游玩翠微宫、翠微寺留下很多诗作。诗仙李白曾与友人在某年秋末从子午峪口西行，沿青华山而南，游览了翠微寺，并写了《答长安崔少府叔封游终南

▲ 黄峪寺落日下美轮美奂的芦苇花

翠微寺太宗皇帝金沙泉见寄》，诗曰："初登翠微岭，复憩金沙泉。践苔朝霜滑，弄波夕月圆。饮彼石下流，结萝宿溪烟。鼎湖梦渌水，龙驾空茫然。"唐代诗人孟浩然《题终南翠微寺空上人房》有诗云："翠微终南里，雨后宜返照。闭关久沈冥，杖策一登眺。"

从晚唐起，历代都有人探索翠微宫的具体地址。金代诗人赵秉文《翠微寺二首》诗曰："要见山光如泼黛，更须留待雨晴时。""南山深锁翠微宫，寺在山南十里东。"他准确地说翠微寺在入黄峪十里东侧。明代宗嗣第七代秦王朱诚泳（宾竹道人）曾来这里寻访翠微宫，在其诗文中写道："翠微深处翠微宫，避暑当年说太宗。吊古不须增感慨，凭高聊复得从容。千章古木苍烟合，数尺残碑碧鲜封。独喜满怀吟兴好，参天万朵玉芙蓉。"说明明代时这里还有残碑和玉兰。今天依然有玉兰，村支书说，明代宾竹道人题诗的残碑，前几年交到长安区博物馆了。

1998年，陕西考古工作队曾在黄峪寺村中营进行过勘探，挖出翠微殿的墙基，在一棵高大的古树前挖到正殿后墙基石条，后来原封掩埋保护。清代人看到的被青苔埋没的翠微宫柱基石，在一户辛姓人家中被发现。他家盖房时，把唐朝宫殿的柱基石搬来做了自家的柱基石，石柱基上面还有似盘龙的花纹。在另一户刘姓家门前发现一块大砖，称重有18斤。当地的住房过去从来不用砖，这当是唐代的遗留。一户苏姓的房屋墙上镶着许多当年翠微宫留下来的残砖块。

云归秦岭

▲黄峪寺废弃的校舍

三十余次造访

徒步黄峪寺，我似乎有瘾。很多次的独行，第一个念头就是黄峪寺；带朋友上山，头一次肯定是到黄峪寺；就连那年带着年迈的父母进山，也是到黄峪寺。十二年的爬山经历，秦岭七十二峪仅走了半数，而到黄峪寺村就有三十多次。

独自上黄峪寺大都是毫无计划的。有时会从黄峪一鼓作气，到黄峪寺村，吃完玲玲农家乐简单的饭菜，就拔腿回返；有时状态好，会穿越白石峪或者青华山卧佛寺、凤凰山净业寺；有时只是从黄峪上至栗树和核桃林，靠在盛开的桃花树下或者老核桃树下，看徐志摩的诗集或《福克纳传》，或被远处的雷声惊醒，或被虫鸟山风叫起，而后从容下坡，或狂奔出山。

很多朋友不解，问我为什么一个人上山，不害怕吗？当然不。因为我太熟悉这里了，我把它视为"我的地盘"。我会在这里卸下"枷锁"，享受孤独和寂寞。"在这寂寞中我意识到了我自己的存在——片刻的孤立的存在。这种境界并不太易得，与环境有关，更与心境有关。"梁实秋先生说，寂寞是一种清福。

我经常会和人们谈起"我的地盘"。他们在我的煽动下，主动要求我带他们上山。一路上，我会做自然山水、红花绿叶的"导游"，告诉他们，这里春天是什么样，那里夏天和秋天又如何，冬天的雪有多厚。

曾经在四月带一位好友进山，黄峪盛开的杏花和黄峪寺村老杏树上含苞待放的花蕾以及山景，给她留下难忘的印象。次年也是四月，与另一位好友在黄峪深处，遇见黄色的中华金线梅和粉色的野蔷薇，让她激动不已。我们行走"铁三角"LIN 和红树叶儿当然也被我多次带上黄峪寺村，美景加农家野味，让 LIN 开心得语无伦次，红树叶儿诗兴大发。

而"组团"拜访黄峪寺也有多次。2013 年夏天，我带着"同学团"从黄峪登黄峪寺，其中有同学七岁的女儿，下山时下起了雨，全体淋成了"落汤鸡"。2014 年夏天，带着"咖啡草驴团"六七人进山，在黄峪河边，美女咖啡师小花用优美娴熟的手法，为同伴们冲咖啡。清风、溪流和百花绿叶中，捧一杯手冲咖啡，佐以 LIN 精心准备的茶点，那一个惬意呀！那次，山上天气突变，在黄峪寺玲玲家的邻居小吕家吃完午饭，稍加休整，带着一群"草驴"穿越青华山。我打头，在黄峪遇见的驴友阿西断后，天黑之前全体胜利到达环山路。其中有革命军人王艳，关中平原长大的老同学邱仲琴——她完成了平生第一次爬山的壮举。那是一次愉快而难忘的经历，我在《杏花不等待》中有详细记录。之后，带青溪黄花川美行团两次驾车从蒿沟上黄峪寺，登翠微山，吃黄杏，赏野雏菊、白鹃梅，每个人游得尽兴，对黄峪寺的山野风景赞不绝口。

2012年4月19日，我带着年近八旬的父母开车到黄峪寺村，这是登黄峪寺九年来第一次开车到这里。之前，我曾在博客发文，劝人们别把车开到黄峪寺村，不要让汽车尾气污染这一方珍贵的净土。但这几年，越来越多的车开了上来。父母年事已高，我只能破例开车上山。我知道父母喜欢山野。从沣峪口进山，在大蒿沟拐进窄窄的石子土路，绕山旋转，直转得母亲心惊胆战，不停地让我调转车头返回。父亲倒是沉得住气，一声不吭。到达黄峪寺村，看到满山的杏花、洁白清香的李子花和金黄的油菜花，整片的板栗和老核桃树，父母亲大人开心得像孩童。我让父母去中营新栽的小杏树林转悠，自个儿拿出小铲子，到高大的杏树林里挖蒲公英。我

云归秦岭

装满一袋子,返身去找父母,见他们正弯腰弓背,在山峁上拔蒲公英,比我的收获更多。我劝他们不要太累,但根本劝不住,索性由他们去。记得上山时天上铺着厚厚的阴云。接近中午,天开了,先是晕开层层云彩,不一会儿,风抹去层云,露出湛蓝的天空。蓝天下,我们劳作在一个世外桃源里。

▲ 黄峪寺的老树与杏花

消失的村庄

说不清是这里山水景致的吸引,还是潜意识里对玲玲农家乐的记挂。

秦岭之春

三年前，玲玲说政府要把村子搬到山下，我问想不想下山，她说山里住惯了，不想下去。再说，下去了只有政府安置的一百多平方米的房子，没有地，也不会做生意，以后咋生活。不下山，儿子不好娶媳妇。再去，门锁了。邻居说她家一周前已搬到山下了。我在她家院子里的老杏树下坐了许久，邻居家的饭吃得没滋没味。去年，吃杏的时节，整个村庄都空了。我在《昨，向黄峪寺村告别》中写道：去年因事没去黄峪寺村，今年四月的一个大雾天气和朋友去黄峪寺村时，见村子已经荒废，农舍倒塌，几家"农家乐"字样隐约地在垮塌的墙上，只有满村的老杏树、老核桃树、老板栗树孤独地坚守。看到开进村子里的推土机，可以预见，哪一天，这些遗存（老杏树、老核桃树和毛栗子树）也就荡然无存了……这次到黄峪寺村，没见到一个人。走进玲玲家院子里，寂静中有一丝惊悚。房屋倒塌，院子里荒草比人还高。玲玲农家乐院子里的大杏树上硕大的黄杏"吧嗒，吧嗒"往下掉，而树下的荒草丛里，烂掉的杏铺了一地。从塌陷的那扇窗户里望进去，有些恐惧。走到下营，路过村口的一家房屋，见一个收废品的人在翻腾瓶瓶罐罐，还吓了一跳。

2013年8月，黄峪寺村74户村民已经全部搬迁到滦镇黄峪寺新村了。据传，有公司把这个山村买下了，要修建一个大型度假山庄。几次上山，见有挖土机等大型机械在村子里动作，后又停工。村民在新村每户分到一套两层164平方米的楼房。比起山里的房子，居住条件有了翻天覆地的变化，可是，不分田地，靠什么维持生计？我对患有严重风湿的玲玲和她家人感到担忧。

作为一个有七百多年历史的村庄，黄峪寺村彻底荒废了。曾经的农田，长满了荒草；校舍和房屋坍塌或即将坍塌；前两年开发公司开上来的挖土机等闲置。我不知道这个项目是不是秦岭北麓保护开发项目，希望不要成为"忽悠"项目，最终让农民失去了土地，而土地又闲置和荒芜。

今天，我和山友又来了，村庄寂静，玲玲家的院子里荒草依旧，椽木暴露，房屋即将坍塌，墙上只"玲玲"二字依稀可辨。一个古老的村庄消失了。只有院子里那棵老杏树和满村的桃红李白依旧。

著名学者邢小俊说，乡村不仅是你我的故乡，而是整个人类和动物的故乡。人类和动物在秦岭的又一个故乡消失了。

登山简历

2015年4月12日，登黄峪寺村，同行红树叶儿等七人。

徒步线路：上王村—黄峪口—黄峪—黄峪寺村—土地梁—卧佛寺—青华山景区—环山路—上王村。全程八小时。

基本线路：

1. 沿G210国道进沣峪口，前行约5公里到达蒿沟，可以把车停在路边的停车点，沿着蜿蜒的砂石路上山，徒步5公里，也可以直接把车开上黄峪寺村。（不提倡后者）

2. 从长安大道或子午大道或西沣路至环山路，进长安区上王村，把车停在上王村南口或者寺院停车场。沿着黄峪徒步进山，行五六公里到黄峪寺村（经典线路）。

3. 从青华山景区或丰德寺、净业寺，到青华山农家乐，过卧佛寺，沿着青华山山脊向东南，由土地梁到黄峪寺村。此线路约二十公里（推荐线路）。

4. 从环山路沿着野生动物园西墙外转南墙外，进入白石峪，行七八公里穿越至黄峪寺村。

5. 从环山路进鸭池峪或子午峪金仙观，到二杆子山，沿山脊向西南到翠微山，下至黄峪寺村。

后记

黄峪寺村的今天,并没有如我预料的那么悲观。2015年后,有两三户人家又返回黄峪寺村,开农家乐。驴友的执着,让回到山里的农家有了生计。并且,又新建了几处房屋。那些开上来的大型机械彻底废弃,开发项目搁浅,这一切是否与轰动一时的秦岭整顿有关,不得而知。总之,驴友年复一年,来往于黄峪寺村,从未间断。所幸,黄峪寺的气场还在,那些老杏树、老核桃树和老栗子树依然在。荒了的田地里,种了小块的蔬菜和庄稼。玲玲家的院子,成了某户外拓展基地。院子里的老杏树,因长相奇特,上面安置了木板,搭了梯子,不仅是空中拓展项目,还是人们秀姿势的去处。它也真受累了。而我或者我们每次上山之前,都会和玲玲家邻居小吕联系,我们的吃饭问题之后一直在他家解决。赘述一句,我们可以像爬其他山峰一样自带吃食,但到黄峪寺从来不带。一顿简单的农家饭,对我们没什么,但对山里人不同。这是一种微妙的情结。2021 年 11 月中旬,我和小伙伴再次到黄峪寺,村子里又空了。秋季连续的暴雨,冲毁了上山的道路。加上疫情封锁峪口,山上无法经营。一个月前,几年

秦岭之春

来坚持做农家乐的小吕和另外两户也搬下山了。2022年4月，我们从白石峪穿越二杆子山、翠北峰到黄峪寺村，这里又是人来人往，到处停着越野车，小吕家的"山野农家"生意不错。2023年4月，和两个朋友到黄峪寺赏白鹃梅，尽管是周内，但游人很多。因生意火爆，我们竟然没吃到小吕家的饭。

世事变幻，千年轮回，十年轮回，年年也轮回。

（2023年8月）

▲ 黄峪寺村全景

063

逐溪东涧峪，遍赏野桃花

秦岭七十二峪，是七十二处不同的美景。地处渭南华州高塘镇境内的东涧峪，距西安市 74 公里，亦属于此。

据记载，东涧峪海拔 1800 米左右，山体为花岗岩结构，植被属针阔叶互生林带。沿途及远近山坡华山松、侧柏、油松，以及核桃、毛栗、杨柳等密布，间杂其他栎类植物。中草药种类繁多，野生类动物六十余种，林麝、刺猬、狐狸、野猪、松鼠、红腹角雉等为常见，偶有黑熊出没。

灼灼野桃花

告别华州赤水镇一望无际的桃红梨白，一路欣赏着秦岭伸展出的台原上参差的金色油菜花田，远远地望见高处的涧峪水库大坝和它两边山坡上满坡满梁粉白色的野桃花。正前方有峻秀的山脊。骑水浪天下说，东边是东涧峪，西边是西涧峪。

我们今天要进东涧峪，要从容地在山峪的农家小院住上一晚。入东涧峪南行,几面坡层层叠叠的野桃花,灼灼盛开。它们被午后的阳光照射,似乎带着仙气,有一种超然脱俗的美。

▲ 东涧峪的野桃花

暖阳和风里的农舍

离开水泥路,车顺着河道边在仅容一辆车通过的土石路上颠簸。两山收紧,亿万年的风化和无数细流的浸染,让几处山体形成巨大的泼墨般的画面,时有奇峻的巨石在路旁兀立。来自两面山上的细流,或在高大的石面上蜿蜒而下,或在路边悄然冒出,涧水随山而转,浩荡清澈,在三月的阳光下欢快地跳跃。

一条小河,一溜高树,一扇柴门,一围篱笆,一座农舍。

骑水浪天下说，我们到家了。

这是一个典型的山间农舍，一位渭南驴友买了农户二十年的使用权，于是进山的驴友就有了住一夜的小确幸。一进屋，小伙伴们立刻翻开木箱，把所有被褥抱出去晾晒，然后泡一壶清茶，坐在院子里。这是一座独门独院一进三间的房子，院子里刚栽了蔬菜，院畔有一棵不大的山茱萸，绽放着满树的黄花。屋后的小山，树林茂密。对面的山形是一只迎面展翅飞翔的巨大老鹰。我们一边晒太阳，一边择菜、聊天——之前，西安的三位小伙伴到渭南后，陪着渭南的好友骑水浪天下和渭南驴队的红管家老张在菜市买了肉菜，准备好好享受一番。

我们把择好的菜，拿到河边清洗。清澈的涧水在坡脚下形成一个和缓的小水潭，我们正好在水潭边洗菜。阳光融融，流水淙淙，翠鸟啾啾，这哪里是干活，分明是一种奢侈的享受。

品茶品酒畅聊旅途神话

骑水浪天下正在准备饺子馅，驴头汪伦率领的第二批人马到了。必须的相互调侃之后，小伙伴们撸起袖子包饺子——小黑的花式，心邻的简约，驴头的招风耳，我的元宝……五花八门的才艺展示，在沸腾的锅里融合，煮出一锅香喷喷的韭菜猪肉馅饺子和半锅浓汤，小伙伴们吃得心满意足。

与此同时，骑水浪天下做的一桌凉菜上桌，开一瓶茅台，煮一壶茯茶，七个人围着长条桌，或茶或酒，或南或北——腾格里沙漠的深夜烩面，额济纳胡杨林营地的星夜迷路，内蒙古草原驴队与驴头的失联，川藏线的惊险……旅途旧闻趣事，让一个个开怀。

黄昏，我们沿着涧水在东涧峪深处散步。沿河两岸树木稠密，空气湿润。散落着的农舍，有不少空置，也有几户住人的农家，养着鸡、狗和几头牛。我们呼吸着清新的空气，愉快享受山峪里充足的负氧离子。当天完全黑下来的时候，我们返回住处。四处一片漆黑，只有新月和星星在天空闪耀。

我们继续围炉而谈，直至深夜。三位女子在里屋暖暖的热炕上，伴着河水的轰鸣声，幸福地进入梦乡。而客厅架子床上的四位男士，一直在兴奋地谈论，谁也不知道是什么时候睡的。

▲野桃花与绿色农田

青溪边,雪山下

早饭后,从我们住的地方向南徒步,溪水近距离一路相伴。农舍树林环绕,近水而居。路边,有古驿道,有木篱笆,有瀑布,有挂珠般的溪水深潭。两岸岩石裸露,石岩如豹如俑如寺如佛,石壁藤草横生,松柏野桃扎根于岩缝中,使峡谷生机无限。

在一家院子里遇见出卖土鸡、土鸡蛋的年轻夫妻,在路上遇见牛倌赶着几头牛悠闲地踱步。这样的情形在山里很少见了,于是,我们就凑上去聊了几句。年轻的夫妻也不是常

住在山里的，只是隔三岔五回来看看。老牛倌养的牛也不是用来犁地干活，而是卖到山外。

走入深沟，一抬眼望见草链岭雪色苍茫，河边路旁却盛开着野桃花。

我们来到草链岭脚下，在半坡上一家扎着长长木篱笆的农家院子里，近距离欣赏雪景。山上白雪皑皑，山下杨柳嫩绿，桃花粉白，涧水潺潺，一幅绝美独特的春景图。

已近中午，我们依依不舍地回返。草链岭和东涧峪、西涧峪之间的穿越，就留待下一次了。

云归秦岭

登山简历

2017年4月,与心邻、小黑和渭南驴队汪伦、骑水浪天下等徒步东涧峪。

距离:东涧峪位于秦岭北麓,地处渭南市华州区高塘镇境内,距西安市74公里。

驾车路线:

1. 从西潼高速渭南出口转 G310 国道—高塘出口—渭华起义纪念馆—东西涧峪分岔口—东涧峪。

2. 西安绕城—西户高速—玉山枢纽立交—榆蓝高速—高塘立交出口—渭华起义纪念馆—东西涧峪岔路口—东涧峪。

雨中穿越太乙峪，九天瀑布如仙境

山下的槐花已经开了，可半山上的这几棵槐树上槐花只发出小小的嫩芽，连花苞都没成。尽管这里海拔不是很高，但山上温度低，开花结果总是比山下慢半拍。

正好逢周六，天下着小雨，驴队照例要走一条休闲线路，即从秦岭北太乙峪西岔沟穿越到正岔沟，沿太乙河公路，再穿过正岔沟太乙河中上游，到高山草甸，而后原返。

此刻，驴队正在翻越第一座山，仅四十分钟就从起始海拔 950 米到达海拔 1170 米的山梁。山梁上浓雾弥漫，只能看到几米处的植物。从西岔沟到正岔沟的这座小山是南北走向，植被很好，山梁及东西两侧有茂密的白皮松，东侧松树下是低矮的灌木，主要有叶子肥大的黄栌、野榛。下行的小路上落满了干枯的松针和一些松塔，稍不留神，脚下就打滑。好在路很短，到达一家废弃的农家院子的时候，离正岔沟的景区公路就很近了。

走在公路上，雨大了起来，驴子们的脚步加快。听着哗哗的河水，看到河道里的巨石、河西的树木花草，忍不住拍摄。这个季节，河对岸居然有一棵桐树开着粉紫色的花。路边有不少榆树上挂满榆钱，树下还落了一地。我总是落在队伍后面，然后奋力追赶。到达大坪，至秦岭终南山世界地质公园博物馆，已近中午十一点。驴队没有停步，直入正岔沟中上游，即翳芳湲生态休闲康养区。

巨石、河水、小桥、鲜花和丰富的植被，让太乙峪正岔沟在雨天更加迷人。毕竟是景区，也难免俗，为多处潭水、

▲ 玉女潭

山石冠名,如玉女潭、三鹰守关、鸳鸯石、将军挡关、垂缎珠帘等。看到这些限制想象力的冠名,付之一笑。我们更加在意的是哗哗的流水,肥绿的柿子树,飘逸的野核桃树、漆树,黄色的中华金线梅,芬芳的紫丁香,以及亿万年前山崩形成的黑黢黢的巨石和山石奇观。暗想这里夏天一定很清凉,可以带着家人和美行团来此避暑。

原计划从遇仙沟向东穿越3公里到甘湫池,然后向南4.5公里到秦岭草甸,但因下雨,遇仙沟入口处被封堵。遇仙沟

▲ 怒放的中华金线梅

登山探险道贯通翳芳溆和甘湫池两景区，道路崎岖，要经过两条沟、三架梁，穿针、阔两大林带。甘湫池海拔 1730 米，是陕西翠华山国家地质公园内崩塌规模最大的山崩奇观。可惜此行无缘。我们改变路线，继续向南穿行。

▲ 雾中秦岭终南山世界地质公园博物馆

古生代与中生代多期花岗岩与宽坪群围岩的混合岩化作用，形成今天翠华山地质各种类型的混合岩，翠华山的山峰岩层形成近似垂直的叠瓦状构造——专家关于翠华山的地质构造的深奥表述，在山崩主景区西侧太乙峪正岔中上游，随处可见。而翠华山最具特色的山崩奇观，在这里以山、石、水、木相融的最美方式呈现。两侧的山近乎直立，山崩形成的巨石，有的与山体若即若离，形成具有无限想象力的山石奇观，有的在河中央与欢快的溪水嬉戏，与沉静深幽的潭水同眠，与花草树木亲切话语。

这里，这样的雨天更适合深呼吸。在"倒垫窝"看到这样一个牌子：您已进入含 100 000～500 000 个 /m³ 负氧离子的天然氧吧。

向南登高很早以前是野路，几年前修成了长而陡立的阶梯。这样的阶梯适合雨天，但也耗费体力。登梯过半，回头眺望，太乙峪两山夹紧，云雾弥漫，仙境一般。

从海拔 1560 米的"倒垫窝"上行约不足一公里，到达垭口即"终南山腹地"立牌处，高程约四百多米，沿山脊向西南山顶的小路被护林封锁。我们继续向南走了一段较平缓的小路，在一片平坦的山窝里休整。没有避雨的地方可以煮方便面，驴队简单吃了小贾带的饼夹鸡蛋作为午餐。

这是一个由 U 型山脊围成的山窝，海拔 1950 米，遍布山崩形成的黑褐色巨石，花草遍地，原始森林茂密。那些弯曲或倒伏的巨大树干上，寄居着鲜嫩的苔藓和透明的野木耳。东面的山坡上有很多野丁香，花香四溢，如世外桃源。这里是珍稀动植物的天堂，据考察，目前已发现的珍稀植物有紫斑牡丹、紫丁香等五十多种，还有红腹锦鸡、小灵猫等动物十多种。

由于距离草甸还有两三个小时的路程，时间不够，雨又停不下来，驴队决定回返。

下至通往"九天瀑布"的山前，驴队全体上行。已经耗费相当体力的队员，在"之"字形台阶上走得很艰难。终于到达垭口再翻山下去，看到一面巨大的瀑布飞泻而下，直入幽潭，顿时欢呼起来。"飞流直下三千尺，疑是银河落九天"，李白的诗句用在这里照样贴切。

离开"九天瀑布"下撤，沿途有大大小小的瀑布群，驴队一边欣赏一边拍摄，脚下速度不减。走一段与来时重合的道路，跨桥过河，出大坪返至公路，快速行至从西岔穿越过来的山下。由于是原返，这座小山必须再次翻越，这对体力和意志是一种考验。驴队无一人犹豫，奋力登攀。

由于耗费了一天的体力，驴队拉开了距离。开朗的陈媛和新驴杨文不时地问快到梁上了没，我走在最前面，一直回答她们"快到了"。这是驴友的激励法。在山里碰到行走艰难的驴友，一定要说"快到了"。

走在来时发生小插曲的山腰，我不禁微笑。来时驴队走错了一段路，我在返回"正途"时，在陡立处抓住的小枝条断了，摔了一跤，人没事，但随我爬山近十年的保温壶挂了彩，让我心疼了好一阵。

天色越来越暗，树林里的光线更加幽暗，脚下松针湿滑，攀爬艰难。当所有队员到达山梁时，才轻松地笑谈起来。

下行至西岔沟的小路泥泞滑湿，必须全神贯注。

晚上七点多，全体返至西岔村，而后直奔驴头家。驴头听风以亲手做好的烧鹅、卤牛肉、红烧鸡、酱猪蹄等，犒劳驴队全体队员。

▲ 九天瀑布

登山简历

2019年4月27日,七人驴队穿越秦岭太乙峪西岔沟、正岔沟、终南山腹地。

自驾线路:雁塔南路—韦曲镇—环山旅游公路(S107省道)—太乙镇—西岔村。

徒步线路:西岔村—松树梁(自定名)—景区公路—大坪(秦岭终南山世界地质公园博物馆)—倒垫窝—终南山腹地—倒垫窝—九天瀑布—大坪—景区公路—松树梁—西岔村。

徒步时间:徒步10小时,中途休整约1小时。徒步约22公里。

海拔:海拔区间950～1950米,高程1000米。

秦岭之春

逛三凤山花海,遇一场"桃花雨"

秦岭向来以高度论"英雄",三凤山以海拔 1550 米的高度自然排不上名次。但三凤山自有风华,尤在春季,引山友痴狂。

三月,三凤山鲜花烂漫,整座山流光溢彩。山友们一遍遍登临,赏了杏花赏桃花,再赏白鹃梅和金线梅。今天,山友们是奔着山桃花来的。

▲ 金色的连翘和粉白的野桃花

从流峪东侧拐上第一个山梁,白鹃梅就等候在路边。绿白的花蕾,白丝绢似的花瓣。往年,白鹃梅开在四月中上旬,今年花期竟早了半月。抬眼高坡,金色的连翘和粉白的山桃花,云雾般洒在绿色的柏树间,让山友惊喜。正在拍摄,耳边传来不断的粗重的喘息声。扭头,见一位山友夸张地、有节奏地大喘,遂一本正经地说:"你是不是生病了?这里有两位医生。"旁边的山友大笑起来。

沿着山梁上行,路边的杏花谢了,山桃花却开得妖艳,"金花"连翘不甘示弱,与山桃花挨肩搭背,你无法确认是山桃花美,还是连翘更美。穿过夹道欢迎的簇簇鲜花,女山友手舞足蹈、三五成群投身花海留影。

至大梁,山桃树和柏树越来越高,桃花更加繁盛,视野也开阔起来。更加庞大的山体,由北至南向上蜿蜒,山体两侧,是迥然不同的绚烂风景——东侧阴坡,山桃花、白鹃梅如云如雾;西侧阳坡,黄色连翘,如金似电。两眼应接不暇,竟有些眩晕。

继续上行,松柏争翠。松柏下,绿藤里,时有密集地开着大朵紫色花瓣、黄色花蕊的白头翁,有一簇簇盛开着小小紫白花的紫花地丁，顶着几片嫩叶的低矮的酸枣苗密密地布满一个山头。它们都是野生的中药材，真是秦岭无闲草。路边，三年前的四月湿漉漉盛开的金线梅刚刚发芽，十来天后，它们定会怒放。

在更高的海拔，白鹃梅尚且紧抱花蕾，看样子一周以后才会盛开。

▲ 白鹃梅盛开在陡峭的山坡

高压线铁塔下，一些山友在歇息，谈笑风生。我们也停下来休整。这时有毛毛雨飘落，但没有人在意。

歪嘴岩对面矗立的高峰，一半在云雾里，一半在山桃花和连翘的花海里，山友们站在悬崖边的巨石上呐喊、留影，惊险刺激。

穿过一片松林，绕上垭口，是更高的一座山峰。眼前出现了壮美的一幕——东峰和西峰之间宽广幽深的沟壑上云海翻滚，轻雾缭绕，山桃花和连翘时隐时现，仙境般变幻莫测。

兴奋和惊叹之后，继续走在连翘营造的"金色"花海里。意犹未尽地向云海回望，见汹涌的云雾已将山谷淹没。

翻过最后一个垭口，到三凤山顶峰下的松林。一些山友在树林里休息、野餐。

三凤山顶峰有三凤殿。山友已经占领了三凤殿以及面前的平台，殿内外人头攒动。几队山友已经拉开阵势，撑起了遮雨棚，在中心位置埋锅造饭——包饺子、煮羊肉泡、涮火锅、煮方便面……热热闹闹，热气腾腾。一些游勇散兵，在边缘地带享用自带食物。一看这阵势，我们返回到台下松

林，取出背包里的卤味、核桃饼、水果等，坐在松软的松针上享受惬意的野餐，树冠是天然的遮雨棚。

三凤山又叫三峰山，由东峰、西峰、歪嘴岩三峰组成，地处西安市蓝田县境内流峪与道沟峪之间，扼秦楚古道咽喉。登临峰顶，视野开阔——东连木家台、狮子山险峰，南临逶迤群山，西眺公王岭蓝田猿人遗址及著名的王顺山，北望起伏的白鹿原、华胥镇，中华根脉和中华文化起源地尽收眼底。

三凤殿西下，是通往桃花沟陡峭的小路。大部分山友选择这条有些危险的小路穿越。稳固或松动的石块与树根交错成小路，泥泞陡滑。一个驴队的几个领队招呼着队友下山，他们强悍地分头站立在危险处或无法下脚处，保护队友抓住树枝，踩着树根、石块通过。他们也会在无法落脚处用自己的脚支起一个落脚点，避免队友出现危险。桃花林里除了领队的大声呼喊，就是女队友的惊叫。山友们全神贯注于脚下，无暇欣赏身边的桃花。只有那些从容的老驴，在一个个立脚处，淡定地欣赏和拍摄。几个男孩居然在陡峭危险、林木纠缠的山坡奔跑穿行，惊得山友们大喊。

站在溪流潺潺的谷底，被桃花林包围，繁密妖娆的桃花闪耀，让人窒息。抬头望，一个个"桃花阵"错落在四面八方陡峭的山崖石壁间，如天国的迷雾。冲出桃花密实的"包围"，站在巨石上向更低的山谷俯瞰，溪流间，沙滩上，仙桃林延绵起伏，如云起云落。一阵山风吹来，山谷里花瓣纷飞，下起了阵阵"桃花雨"。

这人间仙境，是对山友辛劳奔袭的最好犒劳和奖赏。

走出桃花沟，坐在石林中休息，心中满是欢喜与感恩。

秦岭本是有情世界。

后记

上午进山时，本计划进峪从桃花沟上山，结果被几个管理人员拦住，说流峪塌方严重，马上要下暴雨了，人和车都不得进入。我们只好返至峪口村，从穆家堰村附近上三凤山。因山洪和疫情，近一年没进流峪，流峪口也建起了两层小楼的管理站，挂了五个牌子：蓝田县流峪木材检查站、蓝田县

云归秦岭

流峪森林资源管护站、蓝田县秦岭生态环境保护网格化管理流峪区域站、蓝田县流峪林业检验检查站、蓝田县秦岭生态环境保护执法监察大队流峪中队。秦岭号称七十二峪，如果这是"制式"配置，那得增加多少机构和人员？保护秦岭，可能不是用机构管理那么简单的。

> **登山简历**
>
> 2022年3月19日，与听风、杨玲三人登秦岭三凤山，桃花沟O型穿越。
>
> **驾车路线：**曲江大道—南三环东段—长鸣路—周兰路—汤峪镇—S107省道—S101省道—峪口村—穆家堰村。回返走高速。
>
> **徒步线路：**穆家堰村—三凤山—三凤殿—桃花沟—柿园子—峪口村—穆家堰村，全程约12公里。
>
> **海拔：**三凤山主峰三凤殿海拔1550米，高程800米。

秦岭日出（摄影 见澈）▶

云 / 归 / 秦 / 岭

YUN GUI QIN LING

秦岭之夏

夏暑灵泽声

秦岭华章：行进在鹰嘴至光秃山

隐秘的凤凰沟

凤凰沟上鹰嘴，大部分的路程很陡，以至于很多路段必须手脚并用。

从起始，路就很"硬"，可没走几步就望见西边被树林包围的"鹰嘴"了，队员们很兴奋。但这种兴奋很快便被驴头浇灭——看起来很近，至少要走三四个小时。

沿着潺潺小溪上行，很快进入湿漉漉的森林。野花遍地，树干粗壮，巨石和树干上有毛茸茸的青苔。这里空气湿润，环境干净，少有人类活动，负氧离子应该超过太乙峪正岔沟上游的 50 万个 $/m^3$。

今天，西安天气预报气温17～36℃，我们开始登山的G210国道海拔1750米处，气温12℃。随着海拔抬升，气温越来越低，但我们已经出汗，在海拔1850米处第一次休整，纷纷脱了外套。

在这原始森林里，生长着很多中药材植物。海拔2020米处，进入冷箭竹林，路边出现了水大花、大蓟、荨麻、芍药等。中医学院毕业且一直从事中药学教学的杨玲老师，教我们一一辨认这些珍贵的药材。海拔2200米出现了树状鬼箭羽，鬼箭羽本来是灌木，可在这里长成胸径25厘米的大树，这些大树开始有十五六棵，到更高处的石壁下成了小片的林子。同样毕业于中医学院、从事中医临床及研究的听风老师，几乎走遍了秦岭的所有峪谷，却只见过灌木鬼箭羽，从来没见过眼前长成几米高的树的鬼箭羽。这就说明这里没有人来采药，鬼箭羽生长时间很长。两位老师不禁惊叹。

另一种常见的中药材荨麻，从山下一直分布到海拔2860米的光秃山。荨麻又叫藿麻、荨草、蠚麻、蝎子草、螫麻等，这种桃形叶子的植物，边缘锯齿状，两面有刺毛和细糙毛，稍不注意，一触碰就会扎手，且细毛刺无法拔出。清·王士禛《陇蜀余闻》就有记载：蝎子草，即杜诗所云"其毒甚蜂虿"者，触之如虿尾之螫人。我们一路小心，但还是常常被扎。

尽管海拔不断抬升，且早已脱离了山泉，但苔藓不仅没有减少，反而更加厚实。在海拔 2300 米处，一片卧在红桦、白皮松等树下的石海，隐藏得十分有趣——每块大石头上包裹了约一厘米厚的青苔，像一群爬行的乌龟。苔藓是一群小型的多细胞的绿色植物，它生长的环境非常苛刻——首先要潮湿，且有一定的散射光线或半阴环境；还要无污染，尤其害怕二氧化硫。杨玲老师说，在城市里是无法养活苔藓的。

茂密的树林里，有些树木倒了，横在小路上，我们需要弯腰钻过去或者跨过去，一不小心就会碰头。这些倒伏的树木已经枯死，不知是被洪水冲毁，还是属于植物自然生长周期性的新陈代谢，有的上面长了密而细小的木耳，眼尖的小贾就把它们收入囊中。

爬上鹰嘴峰顶

一面将近 90° 的齐面石崖陡然伫立眼前，脚下的石坡，有溪水流过，长着一片嫩绿的水大王，民间也叫旱百合。以为是鹰嘴峰到了，但它不是。我们从它侧面继续上行，必须通过一人高的齐台。由于没有可攀附的树木，要上去很困难。高个子的小贾先上去，在上面拽，驴头听风在下面推，三头女驴子才爬了上去。

继续上行约一小时，终于到达鹰嘴正下方。仰望，一面如巨斧劈就的、略呈三角形的、约十几层楼高的、庞大的直立石壁，顶天立地，矗立眼前，脚下斜坡躺着长满苔藓的巨石。

从石壁南侧茂密的竹林穿过去，我们在鹰嘴旁的一处石崖下休整。此时已是正午，队友们简单补充了食物和水，准

▲ 巨石崖

备登鹰嘴顶峰。这时候，我发现眼前的冷箭竹林边有一窝动物粪便，深绿色，形同羊粪，但个头比羊粪大。之前在半坡上的一棵倒下的树干上，也发现了类似的粪便，只是干成了白色，里面有竹子状的纤维。简单判断，这里有以竹子为食的野生动物。

在鹰嘴脚下遇到的三个驴友，已经登上了鹰嘴顶峰。这只秦岭著名的"鹰嘴"，坐西面东，安卧在鹰嘴峰顶，像一只犀利的老鹰，傲视群峰。我们在半人高的竹林里穿行，远远望见站在峰顶的驴友像几只小鸟。

终于开始爬鹰嘴了。我们从"鹰"的脖子上爬起。刚才山坡上烈日炎炎，风平浪静，山梁上却冷风呼啸，人几乎要被吹起来。我们必须手脚并用，登山杖成了累赘。队友们迅速添加衣服，把登山杖放到石缝里，徒手爬上去。突兀的石峰，是"鹰"头，看起来没有沙土，但却在旁侧长了矮小的松树，盛开着紫色的矮杜鹃。

鹰嘴峰岱顶海拔 2550 米，最宽处三四米，最窄处不足一米，站起来感觉晕眩。最高处是"鹰"的头顶，站上去举手之际，有擎天之势。而靠近"鹰"鼻处的悬崖边，有一块巨石，无论坐上去还是爬上去都有悬空感。

从岱顶望去，群山环绕，高峰林立。东边群山中的最高峰是海拔 2800 米的牛背梁，西北是海拔 3015 米的冰晶顶，南边近处是光秃山。秦岭著名的几座高峰已在视野之内。

风骤然停了，立刻暴晒起来。我们赶紧下山峰。

梁上风光

从鹰嘴峰南坡下去，穿过有着密密的冷箭竹林的山梁向南，是光秃山方向。队友们紧贴山梁北侧向南穿行，在巨石边发现了新鲜的牛粪。我们想起山下管理人员的警告：小心北坡的羚牛。无疑这就是羚牛的粪便了。继续向南爬坡，发

鹰嘴下布满苔藓的巨石 ▶

鹰嘴峰远景 ▶

仰望鹰嘴峰 ▶

现一片被羚牛踩踏过的领地，没有竹子、花草，像翻过的耕地，隐约有牛粪的气味。上至石壁旁，牛圈一样强烈的粪便味袭来，接着出现了一片踩踏的脚印，土坡犹如凿出来的齐棱。简单判断，这是一群羚牛建造的宿营地，它们白天到山下沟里无人区觅食，晚上回到这个靠近竹林、石壁避风的地方睡觉。这片领地西边山坡，发现好几棵树倒伏，估计是羚牛在撒欢或争斗中撞倒的。

离开羚牛的领地，我们开始在梁上行走。从山梁北望，鹰嘴山顶的"鹰"安卧岱顶，长嘴犀利，形象更加逼真。山下，松竹合围，群"鹰"朝揖。蓝天白云下，一幅生动的国画，不由慨叹天地万物的造化。

梁上的冷箭竹有一人半高，走起来十分困难。我们穿的冲锋衣、戴的帽子和拉到鼻子上的多用头巾，以及所戴的太阳镜，不是用来防晒的，而是防竹子的。这种干黄色的细竹细叶，扫在脸上、手上火辣辣地疼。好在有的地段冷箭竹会让出一片开阔地，让冷杉、松树、红桦和高山杜鹃以及花草自由伸展，我们也可以轻松一下。

海拔2600米之后，高山树木密集起来。高山杜鹃树干

秦岭之夏

粗壮，枝条弯曲向上，藏在绿叶中的花蕾，大部分还没有开放。冷杉密集，树形笔直优雅，深绿色叶子上爆出翠绿的嫩芽。有的冷杉已经枯死，但依然笔挺，光秃的树形如同利剑，直刺云天。松树大部分被塑造成"风旗"状，看起来卓尔不群。只有红桦"伪装"起来，差点让我以为是白桦。它们的枝干附着黑黢黢的藻类，只有戳掉外皮，才露出红色，且没有半山腰处红桦直插云天的气势——它们在主干的一尺或一米处，就分成几根枝杈。有一棵红桦，居然有11根枝干，看起来非常独特。我无法解释红桦的这种姿态，只能猜测它们是为了在这高海拔寒冷之处顽强生存，变换了姿势。这些红桦刚刚长出小而薄的叶子，风吹过，像蝴蝶一样欢畅。

▲ 风旗树

除了高山树木，这一带还生长着独特的植物，一丛丛低矮的紫杜鹃开得繁盛，更加密集的野芍药有的恣意绽放，有的还没有完全开放，开喇叭状细长红色花朵的不知名头的植物有些妖艳，很多中草药连听风和杨玲老师也是第一次见到。

下午两点，我们在一片开阔地造饭休整，然后继续在山梁起伏的曲线上蜿蜒爬行，等爬上有大片冷杉、松林的平梁，就开始向光秃山顶冲刺。

光秃山眺望群山

在一片开满细碎白花的丛林抬头，一座红色的房子掩映在一棵冷杉身后，光秃山山顶到了。我们绕着被铁丝围着的院墙建筑向西，来到草甸。

低矮的杜鹃和风旗树为前景，山下奇特的山脊为中景，拉成蜿蜒线条的远山为远景——蓝天白云下，秦岭就是一幅完美的宽银幕。

鹰嘴峰需要俯视，但它也在俯视着群山。东北方向的牛背梁已经不需要仰视。正东，我们不久前走过的分水岭草甸，与周围的山形相依，看上去像一朵莲花，我们曾经走过的秦

◀ 北瞰光秃山

▲ 光秃山东望分水岭草甸及秦岭梁

岭梁只是无数条绿色山脊中的一条。西边，太白山、冰晶顶和鹿角梁，在耀眼的光线里，隐隐约约。北望，关中大平原一望无际。只有脚下漫山遍野的矮杜鹃，在夕阳里，清晰耀眼，紫色的花开得惊心动魄。

我们来到山梁上的草甸，来不及休息，立马开始拔野葱。金黄色的草甸开始泛绿，野葱鲜嫩。在我们忙碌的时候，见南面杜鹃林里几个人躺着晒太阳，山岭上搭起几顶帐篷。

光秃山又称麦秸摞，位于沣峪口内秦岭分水岭西侧，海拔2887米，距离西安市区约70公里。山顶最高处建有陕西电视台调频发射台，且分水岭有土石公路可盘旋而上。近年因封山育林，公路被林业站封堵，禁止车辆上山，驴友从多条小路徒步登山。

下午五点，我们开始下山。一个四十多人的驴队，刚刚上山，从我们身边通过。他们的目的地是鹿角梁，估计他们徒步两小时后，看完日落，晚上将在一处有泉水的地方宿营。

我们顺着东坡下山，沿途冷箭竹林茂密，但道路较宽，坡度较缓，走起来轻松多了。据驴友评估，从凤凰沟上鹰嘴至光秃山，强度是从蛤蟆沟上光秃山的三倍，且风景独美。一般体力差些的驴友会走蛤蟆沟上山。因从凤凰沟上山消耗了大量体力，我们选择蛤蟆沟下山。走到半山腰，一位重装驴友独自上山，他说，一个人上山清静。

下山的路好走，但全部是竹林，走起来有些枯燥。这样不用拍照，速度大大提高。晚上七点四十分，驴队顺利下山，到达上鸡窝子，吃完农家乐，徒步返回下鸡窝子，完美结束了O型穿越。此时气温依然是12℃，远低于城里的酷暑高温。

登山简历

2019年6月1日，六人驴队徒步沣峪凤凰沟、鹰嘴峰、光秃山至蛤蟆沟。

驾车路线：西沣路—沣峪口—下鸡窝子。

徒步路线：下鸡窝子—凤凰沟—鹰嘴峰—光秃山—蛤蟆沟—上鸡窝子—下鸡窝子。徒步约26公里。

徒步时间：用时12小时，其中休息2小时半。

海拔：海拔区间1750～2887米，高程1100米有余。

云归秦岭

草链岭，
秦岭东最高的山峰、最美的石海

可以亲近的草链岭石海

所有的石海都不能和它相比——包括秦岭著名的太白山石海、东梁石海，以及川西的海子山、子梅垭口石海——不是因为它规模宏大，也不是其独具特色，而是在奇险陡峻中，可以让人亲近，且有别样的艺术韵味。

在秦岭，第四纪冰川遗迹在太白山、鳌山、冰晶顶、东梁等广为分布，而草链岭是秦岭唯一一处海拔 2800 米以下能看到壮观石海的绝佳观赏地。

海拔 2000 米，草链岭的石海出现，安稳，平和。所有驴友惊叹之后拍几张照片留影。然后，从四年前我们走过的石海东侧树林里的小路盘旋而上。今天，我们选择上下穿越石海，直上山顶。

巨大的、弱小的、方正的、不规则的——所有石块在我们脚下仰视，而我们则仰视整个石海。

第四纪冰川遗迹在草链岭不仅规模庞大,而且十分优美。我们从山下公路就可以远远望到草链岭南坡绿色山体中有几面白色的大坡,像莲花般耀眼。置身石海向东望去,两面带有弧线的石海,从山顶滑到山下,在周围的绿色和远处的山岚衬托下,显得浩荡而线条优美。

这里的石海全都是片石状,不同于别处的滚石。这样,人才得以稳稳地踩着它们,才可以任意穿行。石块大小不同,大部分半尺至一尺厚,也有约一米厚的,就像人工加工过的,但这绝非人力所为。

我们必须专注于脚下,斜倚的,直立的,凸出的,躺在缝隙的——所有的石头都像艺术品,让人恨不得抱回家,置于厅堂院落之中或展览馆。尽管石头形状各异,但边缘圆润。时间磨去了它们的棱角,风霜雨雪把它们雕成了艺术品。我特别喜欢它们表面的"美人痣"——每一块石头上面,都有榆钱大小的鲜绿色或黑色的苔藓,这些"美人痣"分布细致匀称,如同绣上去一般,抠都抠不掉,用手一摸,手上就滑溜溜的。

云归秦岭

▲ 长有"美人痣"的石海
与近旁林坡和远处山岚的色调分明又和谐

我们在石海中盘旋，一会儿踩在巨石上，一会儿踩在小小的片石上；一会儿爬行，一会儿轻松地把腿一甩，脚撂到旁边平整的方石上——我们用身体和手脚在石海蜿蜒，如同在大地上涂画五线谱，于是马勒的《诙谐曲》，马斯内的《匈牙利情景》，德彪西的《大海》，德沃夏克的《第九交响曲》，以及喜多郎的《天际回响》《大地之母》《远古》，恩雅的《唯有时光》，在这片浩大又令人亲近的石海里集合。

石海拦腰处，我们在一块巨石上休整。背靠石海，面向石海、石海边的树林、山下的村庄和远处的群山，我们坐在远古和现实中间，轻松享用热水、面包片和水果，享受凉爽的山风和远处的山岚。

继续攀爬,接近山顶,我们从旁穿过一片一人高的灌木丛,到达草链岭草甸。其间,听风踩翻了一块石头,小腿受轻伤。

秦岭东最高的视线

平坦的山脊,绿草如茵,鲜花盛开。南坡,四面石海被低矮的灌木包围;北坡,一人多高的低矮冷杉,像一堵墙,齐崭崭地退至半坡,既是草甸美丽的前景,又是挡风的屏障。于是,大部分山友选择在北坡背风的草甸野炊和休息,一些人继续爬上山顶四处瞭望。

草链岭草甸海拔 2550 米,山顶海拔 2645 米,位于陕西洛南和华州(原华县)的交界处,为华山山脉主峰,也是秦岭主峰之一,主脉跨越渭南、华州、华阴、洛南、蓝田。在东秦岭,没有比草链岭更高的视线——它比享誉全球的华山最高峰南峰高出 491.10 米。但它居高而低调,每年除了

▲ 草链岭景色

驴友和附近的山民，不会有大量游客造访，因而它保有了鲜活的生命力和原始的气息。

驴友说，草链岭大草甸，在秦岭山脉东部已知的高山草甸中是最大最美的，因此，春夏秋冬造访草链岭，乐此不疲。当天往返的驴友，天气好的话，会在饱览风光之后，在草甸美美地睡上一觉，而后心满意足地下山；徒步穿越的，则背负重装，在草甸露营，第二天穿越桥峪或者东涧峪。今天，在山脚下遇到来自河南的三个驴友，就是慕名重装穿越。

秦岭之夏

河洛文明的策源地之一

站在山梁回望,山下我们经过的洛源镇村庄、树木、房屋清晰可见,南坡石海从山脊流沙般飞泻,远近山峦层叠。躺在草甸北望,一条条南北纵横的山脉,像画出的线条,优美动人,渭南境内著名的箭峪岭、东岔脑、老牛山、少华山、笔尖山和华山被这座横贯东西的山岭链接,形成U型线条。这座巨大的山岭就是东秦岭的南北分水岭——草链岭,其北山脚下发源的灞水、涧水等向北汇入黄河的最大支流——渭河。在草链岭南坡脚下,是洛河源,著名的洛河也即南洛河,发源于木岔沟即洛源镇龙潭泉,向东南流入陕西洛南县,横穿陕西东南部及河南西北部,注入黄河。洛河是黄河右岸支流,古称雒水。洛河在《山海经》《水经注》中已有记载。这条古老的河流,是华夏文明的发源地之一。

草链岭发育的南北河流,在500公里开外汇合,孕育了伟大的河洛文化——伏羲、黄帝曾活跃于黄河和洛河交汇处的河洛地区,伏羲的女儿溺死于洛水,化为洛神。河图洛书传说，就发生在河洛地区。仓颉在洛河上游造字，结束了远古时期结绳记事的蒙昧时代，让先人的科学文化得以延续传承。

这一地区也是"中国"名称的来源，是华夏文化、科技和教育的发源地。司马迁的《史记》，班氏兄妹的《汉书》，陈寿的《三国志》，司马光的《资治通鉴》，以及开中国散文作品之先河的《尚书》，第一部诗歌总集《诗经》，被誉为小说的开山之作《周说》，都诞生于河洛地区的洛阳。而东汉张衡创制的浑天仪、地动仪，蔡伦创制的"蔡侯纸"等，也是河洛地区科学技术发明的典范。

河洛地区还产生了对社会历史有重大影响的名人伏羲、黄帝、帝喾、大禹、商汤、伊尹、周公、老子、班超、班昭、张衡、蔡伦、王充、华佗等众多人物。

毋庸置疑，孕育洛河源的草链岭，是河洛文明的策源地之一。

▲ 草链岭北望群山

独特的山楂树

开始煮方便面的时候，几乎没有风，仅仅十来分钟，寒风骤起。好在到达山梁时都加了外套，再吃碗热乎乎的方便面，暖和了不少。下午三点半，驴队开始下撤。

风挟着雨滴，凌厉地扫着我们和脚下低矮的灌木。这些顽强的灌木，枝条锋利，紧紧扎根在砂石里，摇曳的长颈花弯而不折，不屈不挠。开败的矮杜鹃，一丛丛，衬托着那些白的、黄的、蓝的可爱的小花朵。这场景一点也没变，如同四年前的八月。驴友圈都知道，在草链岭，很难见到完全的晴天，大多时候是云雾雨水天气，而且天气变幻无穷。也许这就是草链岭草木茂盛、水源丰沛的原因。

海拔降至2200米，树林大面积出现，一棵树形优美的巨大的红桦立在路边，冷箭竹、冷杉、松树、青冈木等栎类树木密集。这些树木中间，有大大小小的石块，可见，这里曾经也是石海，只是岁月的改变，将这里变成土壤，风给这里带来草木种子，繁衍成如今的树林和草甸。这使我想起，从水路上来的时候，宽阔的河滩、龙潭沟，以及坡上的树林间，到处是巨石。也许，许多年前，草链岭以下至黑台子村，都是石海，时光造就了树木、河流、土地和村庄，以及人类。

在一片树林的岔路，我们选择了旱路。草链岭一般是从水路上，旱路下。

水路沿着洛水源头的龙潭沟蜿蜒，路途险峻。但沿途风景很美，流水花草，树林巨石，很是诗情画意。而旱路稍显枯燥，但遮天蔽日的树木，在夏天很是阴凉。想象一下在秋天，这些青冈木变成金黄色，也是很美的风景。

此时，雨大了起来。我们刚好下至树林里。高大的树木和浓密的树叶接住了大部分的雨水，淋在身上的雨滴就很小了，道路并不湿滑，我们的运气不错。此行是为了躲避秦岭西线的降雨。进山之前，我们已经彻底摆脱了跟随一路的小雨，但雨还是追了过来。

在我们下行的树林里，除了少量的松树和大部分栎类树木，有一种在秦岭不常见的树木山楂树密集出现。四年前的八月，我们在石海旁的树林里发现了密集的山楂树。那时候，山楂果已经长大，只是还是青涩的。今天，山楂树开着花，没有果实的样子，辨识度不高，差点没认出来。

我一向对野果很感兴趣，尤其是可以摘了就吃的，自然对这里的野生山楂树记忆深刻。

石海旁边海拔较高，山楂树混杂于杂木林，长得很矮，但枝干有高海拔树木的风骨，很有力道。随着海拔降低，它的身段也柔软了一些，但个头却长高了，尤其在河道边石崖下，它和茂盛的草木为邻，长得很高大，枝繁叶茂。我想它的果子也会比山上的大一些。"橘生淮南则为橘，橘生淮北则为枳。"假如秋天再来，就能品尝它们的美味了。

出山了，驴队经过山下旱路和水路会合处，回到砂石遍地、荒草茂盛的宽阔河道，原路折返。几个小时前从水路经历的一切似乎发生在另一个世界，已经成了回忆。悬挂在断崖峭壁之上的龙潭飞瀑，碧绿幽深的潭水，黝黑的山崖，几处悬崖断壁上的木梯，河流上的独木桥，河中央和树林里长满青苔的巨石，以及青苔中长着的鲜嫩佛甲草、小黄花，参天古树，飞旋的急流，华盖般的旱莲，两个月前在秦岭浅山区谢了，而在这里仍然喧腾的白鹃梅，都一一在脑海中掠过。

　　河道中生长着很多中药材，遍地都是开着紫色小花的夏枯草。上午经过这里时，一个满头大汗、衣服湿透了的中年农妇坐在一块大石头上休息，身前放着两个大蛇皮袋。她是山下村子里的村民，上草链岭挖中药材。一个袋子里装的是晒干的菖蒲和吃饭用的碗筷、衣服，另一个袋子里装的是帐篷。十几天里，她风餐露宿，经历严寒，挖了菖蒲在山上直接晒干，背下山一斤可以卖 80 元，一年上山三四次，可以有两千多元的收入。她热心地提醒我们不要走错路，黑红的脸庞显露了她经历的艰辛，她的乐观让人佩服和尊敬。

　　出河道至黑章台村，村子里很安静。黑章台村在平整的河谷地，村舍整齐，有的房子修得很气派。地里种植的除了苞谷、土豆，还有中药材、蔬菜，也有不少杏树、柿子树。而地头、坡堎，长了一簇簇野樱桃，红艳艳的，吃起来微甜中略带酸涩。上午经过，只是品尝了一下，回返时，大伙儿折了野樱桃枝条，边走边吃，很是过瘾。

秦岭之夏

▲ 洛河源溪流边的青苔花木

出山门，经过正在修建通往洛源镇的水泥路，上午开始铺的水泥，正在用压路机碾压。我们回到起点，决定买这里很出名的豆腐干。驾车在回返的路边寻找四年前买过豆腐干的农家小院，不得，却发现一个很正规的豆腐干生产厂，各买了一大袋，而后继续绕道华台子村，过洛源镇，在洛源、灞源入口上沪陕高速，行驶一小时，返回西安。

云归秦岭

登山简历

2019年6月15日,六人驴队登秦岭草链岭。

驾车路线:西安—沪陕高速—洛源/灞源出口—洛源镇—华台子村—黑章台村,原返。

徒步路线:黑章台村—砂石河滩—龙潭—木岔沟(龙潭沟)—石海—草链岭—石海东侧树林—旱路树林—砂石河滩—黑章台村。

徒步时间及里程:徒步10小时,其中休息1小时20分钟,徒步10公里。

海拔:黑章台村海拔1090米,草链岭海拔2550米,高程1460米。

深刻记事:驴头踩翻石头致小腿受轻伤。饱餐野樱桃。

微信扫码
聆听秦岭
灵感秦岭
纪录秦岭
游览名山

冰晶顶,颜值高冷的秦岭第三高峰

冰晶顶的名号太过高冷,以至于长久以来视为畏途。今天要登冰晶顶,期待中铆足了劲。

从西安曲江入口上连霍高速转京昆高速,一小时后,从朱雀(营盘)出口驶出,沿户菜路朝朱雀国家森林公园方向行8公里,在八里坪一家农家乐前左拐,石子路上盘绕几圈后,在山口农家停车场停车。这里海拔1600米。

此时早晨八点,气温16℃,与西安城的高温形成极大反差。第一次随队爬山的女孩张熙一边加衣服一边说,这里有种初秋的感觉。才入得树林,她就升到"初冬的感觉"了。

今天我们要从营盘沟登冰晶顶。这是沟口一片密密的落叶松林,旁边有条溪流,但松林却显得干枯,路旁茂密翠绿的蒿草和斜射的温暖光线,才让这片树林有了生气。有队员说,这段平缓小路,正好热身。但没走多久,土路变成了细碎的石子路,异常硌脚。

过一段塌方形成的乱石路,跨过小河,在布满鲜绿青苔的石头上休整，准备迎接艰难的登高。驴头听风强调，下撤时，必须在晚上八点天黑前到达这里，否则，后面的乱石路难走又危险。

驴队开始在乱石中穿行，几处倒伏的粗大树干横在路上，钻过去或爬过去都是难而有趣的事。一棵长了六七根主干的"神树"让驴子们惊叹，但没有人停步，因为每个人都知道今天登山的分量。

陡立的小路，时有乱石、树木挡道，很多时候需要手脚并用。整个山坡灌木茂盛，森林密集。海拔1800米处，红桦林出现了。阳光穿过阴暗的树林，打在一棵红桦树干上，绛红色的羽翼在晨风中飞扬。回转身，发现另一侧散漫迷人的红桦树叶，隔出一角天空，正好透视远处的蓝天白云和山峦。刹那间，有种久居深井仰望天空的恍惚和惊喜。

这里也有粗大的树状鬼箭羽。自从在沣峪凤凰沟发现这种一般为灌木的中药材长成粗壮的大树之后，我就处处留意。这是第二处发现树状的鬼箭羽。大概这里的海拔和良好的原始森林环境，也是这种中药材的适生地。

继续登高，进入冷箭竹林。虽行走艰难，但夏天的绿色竹叶滑过脸上、手上，清凉柔软。钻出冷箭竹林，出现了冷杉和冷箭竹混合林，路边巨大的冷杉树上，挂着一个牌子——户外应急救援定位标志牌5003，海拔2452米。自从几年前驴友在登冰晶顶途中失踪以后，救援队在沿途设立了报警点，以便准确获得求助者的方位。2014年9月7日，一个叫赵思思的女孩，在雨天独自穿越冰晶顶时失踪，当时动用了多支民间救援队、派出所民警、村民连续十几天搜救，至今无果。家人期盼她回家，曾在沿路树梢拴上平安丝带。

这时，有十几位其他驴队的山友经过，大家在此稍作休息，继续登高。

上穿茂密的冷箭竹林，越过山头下穿，前方出现了一块坡面巨石，奇特的岩石山体和巨石之间形成一个通道，脚下是一个下沉的垭口。这里是5004求助报警点，因地貌奇特，驴友一般都会在此休息拍照。巨石下的树林里有醒目的垃圾，这不和谐的场面多少让人扫兴。坡下的冷杉林，有不少树梢已经枯萎。

▲冷箭竹林

垭口也是分界线，向左通向太平峪，向右通往冰晶顶和朱雀国家森林公园。从垭口向右下行一段路，再上行，依然是冷箭竹林，不一会儿到达海拔约 2660 米的小木屋草甸竹林。已经有七八个驴友在此休息，谈笑风生。

被茂密的竹林和草甸包围的小木屋，其实是只有三四条朽木片支撑的三角形，但它在登山的驴友心目中是有象征意义和独特作用的。这是陕西最早一批户外爱好者为了找到登顶的路，在这里搭的营地。当时要想登上冰晶顶，异常艰难，能不能上到顶全凭运气。如今，小木屋成了冰晶顶的著名路标和门户，很多驴队在小木屋设置登顶门禁时间，一般为中

秦岭之夏

午十二点至十二点半。此时间之后，队员不得继续上山，可在小木屋处休息等待前队返回后一起下山，或在领队带领下提前下山。因为要登顶还需拔高三百五十多米，道路难行，路途较远，天黑之前不能下山，随时会出现危险。

离开小木屋不久，进入了原始森林地带。这里也是第四纪冰川遗迹，成片石海与高大的冷杉树、粗壮的高山杜鹃、矮小的小叶杜鹃为伍，恢宏、壮观、奇特。沿山脊线，冷杉在与风暴的搏击中形成独特的姿态，人们称其"风旗树"，它既沧桑又卓尔不群。作为林场的一部分，这里有铁丝网拉的隔离带，也许是警示人们避开危险的悬崖峭壁。这里视野开阔，风景绝佳。南边朱雀国家森林公园的索道清晰可见，脚下山坡的阳面，浩瀚石海尽收眼底。

▲ 石海、草甸、冷杉、冷杜鹃共生地带

云归秦岭

到达海拔 2800 米后，体力消耗很大，有队员出现呼吸困难。杨玲老师拿出氧气瓶，让几个队员吸氧。

从北坡上到山脊，出现了茂盛的草甸，树木变得稀疏低矮，冷杉如龙爪槐一样，连灌木都变得凌厉。那些树木在石缝中扭曲盘旋着生长，枝节纵横。走在它们身边，仿佛看到它们与暴风雪经历的纠缠和抗争，听到它们的呐喊和欢呼。坚守，使它们磨练出钢铁般的意志和不屈的灵魂。

穿过密密匝匝的树林，眼前是由一堆巨大的石头堆成的峰顶。这些石头苔锈斑斑，似天外神造。一块巨石上用红字写着"秦岭之巅"，分外醒目；另一块上写着"冰晶顶3015"。一座高耸的玛尼堆，矗立在峰顶，有种庄严和神圣感。

站在冰晶顶上，一览众山。此刻，天空湛蓝，云腾九天。墨绿的山峦连绵起伏，在云雾氤氲间层层淡去。东望，云滚山顶，光秃山、牛背梁群峰俯首；西望，千山横亘，首阳山、太白山遥遥耸立；南望，浩瀚石海从近处山顶向山谷倾泻，秦岭山脉延绵不断；北眺，远近山峦阻挡了关中平原的视线。此刻坐下来闭上眼，耳边是呼啸的风，感觉群山旋转，大地颤抖。

秦岭之夏

▲ 冰晶顶远眺

▲ 冰晶顶——秦岭之巅

冰晶顶又称静峪脑、光秃山，海拔 3015 米，为太白山以东秦岭最高峰。冰晶顶是秦岭山脉景色的浓缩，攀登冰晶顶，一睹其绮丽风光，几乎是所有驴友的向往。秦岭延绵千余公里，如果不站在最高处，是没办法体会到它的博大、浩瀚、雄伟、奇峻。秦岭的壮美景色大都在海拔2500米以上，这也是冰晶顶成为名山的硬道理。

有驴友评价，冰晶顶最重要的是安全系数高——冰晶顶虽然高，除了最高点3015米，其余的地方海拔都在3000米以下，并且落差大。几乎一小时的时间就可以从海拔3000米徒步下行到海拔2000米的地方，这是太白山和鳌山无法办到的。无论走哪条线路，一日穿越冰晶顶已经不再是挑战。

冰晶顶和鳌（鳌山）太（太白山）一样，因为海拔高，气候变化很快。我们钻进冰晶顶下的小树林，在阳光融融的草地上吃完方便面，再上冰晶顶时，几队人马已经下山，观赏拍摄之间，阴云狂风袭来，遂迅速下撤。

下山时驴队休息了两次。尽管路"硬"且路途长，体力消耗大，驴队依然沿袭了轻松愉快的画风。但晚上七点之后，就出了状况。走在前面的队友，只记得驴头要求晚上八点前赶到出山安全地点，与后面的队友拉开了距离，结果，走在最后的一位女队友有些着急，且没开头灯，摔了一跤。等她和小贾赶到集合地点时已经是晚上九点。这时偏偏下起了雨，尽管每个人戴了头灯或拿着手电，行走还是困难。

晚上十点出山，周围所有农家乐关门闭户。摔了跤的队友感觉不适，听风让她迅速去医院做 CT，所幸无碍。其余队友到家已过零点。

登山简历

2019 年 7 月 7 日，七人驴队从营盘沟登冰晶顶。

驾车路线：西安绕城高速（连霍高速）—京昆高速—朱雀（营盘）出口—户菜路—长坪—八里坪—营盘沟口。

徒步路线：营盘沟口—神树—5003 救助报警点—5004 救助报警点（垭口）—小木屋—草甸—原始森林石海—冰晶顶，原返。徒步约 35 公里。

徒步时间：8:00—22:00，用时 14 小时。

海拔：海拔区间 1600～3015 米，高程 1415 米。

重要提示：个人身体状况不同，最好带氧气瓶；结队而行，千万不可走错路。

云归秦岭

风雨穿行磨扇沟，诗意漫步流峪寺

　　今天是雨天，驴队选择了一条休闲线路 —— 从流峪磨扇沟穿越草甸至流峪寺村。

　　秦岭东线的雨比西线小得多。从玉山出口下连霍高速，大雨已转成小雨，远近的山峦层次分明，路边农家院畔金色的菊花和池塘碧绿的荷叶带着轻灵的水珠。

　　这是一条熟悉的峪谷，去年曾四次到过这里，其中两次休闲避暑，两次到流峪的麻线沟买关中黑猪肉。

　　车停在李家坪一家农家院子里，我们冒雨从公路西侧不起眼的一个山口进入磨扇沟。

　　磨扇沟很浅，路边有哗哗的流水。单车道水泥路，因常年失修，路面损坏，看得出当初是为村子里的农用三轮车修建的。步行半小时，水泥路尽头，出现了一排土坯房，院子里种着茂密的藿香。向两位老人打听路线，得到老婆婆热心的指点。

秦岭之夏

　　从一间废弃的小屋对面上山，立刻有山花笑意盈盈地迎接。在一个有几棵马尾松的小小的山梁上回望，刚才经过的小屋，隐在树林和深茂的草丛间，有种画面感很强的意境。

▲ 野棉花与野雏菊在雨中摇曳

▲ 隐在山坡的废弃小屋

再行几分钟,慢坡上几簇鲜花迎面,有着黄色花蕊的粉红色野棉花与白色雏菊在雨中摇曳,山野的气息扑面而来。

继续上行,就到草甸了。牛粪与野棉花和雏菊一起占领了一面坡的草甸。这样的海拔,不可能是羚牛的粪便。草特别茂盛,花特别鲜艳,一定有牛粪的功劳。驴头把鲜花插在一坨牛粪上。

刚刚停息的雨又大了。斜斜地通往山脊的小路很是泥滑,大风又及时赶来,掀翻了伞,把雨衣卷起,哗哗飞舞。浓雾也来集合,让草甸一片迷茫。向东,再向北,两次走错方向。驴头打开驴友走过的"轨迹"用GPS搜索,竟然找不准方向。

从最高的山脊树林回返一段路,再回到山脊草甸上,对面的山峦隐现,再次看到上行时看到的远处山坡上的村庄,那应该是流峪寺村。

终于找到"轨迹"上的小路,一条流着溪水、泥泞而陡峭的小路,杂草丛生,交缠的树枝挡道,好在路程很短。驴队下行至山下的草甸,见有几头牛悠闲地吃草,全然不顾下着的雨和闯进来的人。

秦岭之夏

▲ 流峪寺村

全体就地休整，拿出各自带的食物分享，油条就锅巴，就黄瓜，再就飘洒的细雨，味道好极了。

不用说，这片草甸有更加密集的牛粪。我们穿过牛粪，穿过山坡上的梯田，很快来到流峪寺村。

风停了，雨住了。流峪寺村一派田园风光。篱笆、田舍、树木、野雏菊，与对面高大的王顺山，组成一幅优美的立体

云归秦岭

画。我们在村庄漫步，在诗意中留恋。回想草甸的狂风骤雨，仿佛经历了一场梦境。

登山简历

2019 年 8 月 3 日，六人驴队从秦岭流峪磨扇沟至流峪寺村，U 型穿越。

驾车线路：绕城高速曲江入口—G40—玉山出口—S107—S101（流峪段）—李家坪，原返。

徒步线路：李家坪—磨扇沟—草甸—流峪寺村—S101—李家坪。

徒步时间：徒步 6 小时。

海拔：1300～1820 米，高程 520 米。

盛开的光秃山

初夏的光秃山最撩拨人心,尤其是今天,天时地利。

登山如同欣赏一曲浪漫而汹涌的交响曲。

在蛤蟆沟开始登高时,一种甜丝丝的香味扑鼻而来,左右顾盼,不知香来自何处。而当奋力向上,一条条绿枝上梅花状的黄白小花盛开在眼前,紫丁香迎面,芬芳的香气与诧异和惊喜交融,于是,春的再现与怀念在夏的柔板中回旋。

▲ 蛤蟆沟森林

云归秦岭

穿过冷箭竹与红桦,过一道细流,从山的背阴处转向阳坡,一些弱小的花儿在一片冷箭竹为主的间隙笑意盈盈。紫的、黄的、绿的、红的 —— 它们不是等闲之辈,而是重要的药草。

海拔 2500 米左右,黄荆密集地出现,一米左右的枝条上,长着精致的椭圆形叶片,顶上是初绽的嫩黄花骨朵,深通草药的杨玲老师说,黄荆的果实可止咳平喘,理气止痛。它的鲜叶可捣烂敷伤,治虫、蛇咬伤,还可以灭蚊。

每一株秦贝母只开一朵花,它深紫的灯笼状花朵,雍容而神秘。它不仅开在冷箭竹林,还密密地开在南坡凸起的石梁上。同行的中医听风说,相对于人们熟知的川贝母,秦贝母药效更好,价值更高,更加珍贵。

深红的鸡血花,纹理独特的绿色藜芦,满身带刺的刺五加……它们纷纷走出药典,度过严寒,在初夏长成自己的样子,铺展在我们面前,展现在光秃山的蓝天白云下。它们或将为人类奉献出全部,或将长个寂寞,

来年重生。自古有云,秦地无闲草。这种诗情与现实,在长坡丽日交替出一种活泼的快板。

  高山小杜鹃将光秃山海拔 2800 米以下的坡,染成绚烂的紫色——这样毫无杂色的野花,只有在秦岭高海拔处遍布。高山小杜鹃为灌木,分布在海拔 2700～2800 米。每年的五月底到六月初,东梁、西梁、鳌山、太白山、秦楚古道草甸等秦岭山脉的高山小杜鹃盛开,漫山遍野的花朵盛开在山坡、巨石的缝隙、荒芜的草甸和陡峭的山脊,驴友们跋山涉水,一睹其风采。

▼光秃山盛开的花

云归秦岭

　　除了小杜鹃花海，光秃山东南坡还生长着高山大杜鹃，只是杜鹃花已经开败。秦岭分水岭草甸、牛背梁、东梁、鹿角梁、秦楚古道等海拔2200～2600米，生长着乔木状高山冷杜鹃。高大的高山冷杜鹃，盛开在四月下旬至五月中旬。光秃山东对面通往分水岭草甸的三条登山路上，就生长着最为壮观的高山冷杜鹃，也是人们观赏高山冷杜鹃的最佳处，每年有大量人马上山观赏。两周前，我们原班人马就在那里登山，遗憾的是头一天晚上下雪，杜鹃花冻落一地。

　　无论是高山小杜鹃还是大杜鹃，它们艳丽的美和卓然的风姿，都是一曲浩荡的长调。

▲ 长天丽日下的光秃山

▲ 从山林走入云天

登光秃山最主要的是欣赏草甸、石海、石笋，以及落日、云海，甚至狂风暴雪，欣赏一种大气势——大自然的交响曲。

今天是大晴天，上山时天空无一片云彩。至山腰，已经有云带飘过。已经上过光秃山几十次的听风说，根据经验，每天中午必定会有云。

因上周光秃山大雨加冰雹，恶劣的天气致一人遇难。于是有关部门派人在光秃山山顶红房子处把守，早到的大部分山友被劝返。我们选择在接近红房子的冷杉树林休息。吃完自带干粮，杨玲老师和如在聊天，另外三人在草丛里美美睡了一觉。这时，下山的山友说允许到网红石拍照。我们收拾好行装，上至草甸，遇见七次上光秃山以来最美的景色。

▲ 光秃山景色

　　天空湛蓝，云彩任性地涂抹——一会儿成串珠，飘荡在鹰嘴与分水岭草甸之上；一会儿成团云，给远近山峦拓上斑驳的"荷叶""巨鹿"；一会儿跑到西边，在鹿角梁和光秃山之间织一幅立体的"锦缎"。

　　在风和云的主宰下，山石草木变幻无穷。深绿的冷杉枝头冒出的嫩叶，时而嫩黄，时而草绿，像朵花儿一样绽放；东

▲ 光秃山冷杉

坡和草甸的小杜鹃，在明暗的光线里，时而沉郁，时而明丽；不远处山脚的草甸，一会儿金光闪闪，一会儿墨绿如黛；匍匐在南坡的残梁巨石，一会儿如城墙烽火台，一会儿如游蛇奔马。远处的鹿角梁、冰晶顶与周围的山峰，组成一朵巨型的莲花……

这样的绝色美景是需要慢慢享受的。我们坐在南坡悬空的石梁上，看脚下的草地明暗变幻，看云慢慢从分水岭移动，望鹿角梁光线与山岚交替。而小伙伴如在则乐此不疲，无人机飞行、延时摄影、长焦扫射，一刻不停。

下午五点，开始下山。一路遇到很多上山的山友，他们上山露营。

晚上八点返回上鸡窝子。

登山简历

2022年5月28日，五位驴友登光秃山。

驾车路线：西安—包茂高速—关中环线—沣峪口转盘—G210国道—上鸡窝子，原返。

徒步路线：上鸡窝子—蛤蟆沟—光秃山草甸，原返。

徒步时间：10:00—20:00，徒步约7小时，徒步约12公里。

海拔： 海拔区间1750~2887米，高程1100米有余。

分水岭，
穿越草甸的柔美与秦岭梁的冷峻

出发之前，只知道此行可以看到高山杜鹃，从东富儿沟（驴友称东佛儿沟）到高山草甸，再穿越秦岭顶。一天的经历，秦岭的柔美与壮阔又一次令人震撼。

上午八点四十分，驴队将车停在位于 G210 国道沣峪段下鸡窝子东富儿沟口，沿沣河支流溯流而上。

从西安城出发时下起了雨，东富儿沟却是蓝天白云。昨

▲ 东富儿沟景色

夜的雨让小路潮湿，路边的花草水灵灵的，开着丁香般白色花穗的女贞树，散发着迷人的香气，一路伴随我们到山下。一种不知名的绣球样紫色小花，密密地铺满路边，与高大的树木、河水相伴，形成蜿蜒生动的画卷。我们一会儿过小木桥，一会儿踩着石头过河。河水随着地势的逐渐抬高，形成一个个小瀑布，哗哗作响。在河边行走约一小时，开始爬山。河水成溪流，曲折向上，在海拔约1750米的高度从地表消失，但继续向上的一段路仍可以听见山石青苔下流水的声音。

山路不是很陡。有穿着短袖短裤仅背着一小瓶矿泉水的山友，超过我们跑步上山。他们是进行体能训练的，今天要到分水岭草甸上下两个来回。我们给他们加油鼓劲，佩服他们的毅力。

海拔升至1800米，树林里的杂木间开始出现零散的红桦和冷箭竹。海拔到2000米左右，红桦、冷箭竹密集起来，开着大朵白色杜鹃花的高山杜鹃，在路两旁出现，那些弯曲粗壮的树干和纷纷伸向云天的花叶，让驴子们激动不已。

高大挺拔的红桦 ▶

我钟爱红桦，它主干上淡红色的羽衣，看上去柔软、细腻，微风吹过，像蝴蝶的翅膀，总让人回味、遐想。而柱状的树干，给人一种高大雄伟的力量感。这里的红桦有些特别，除了很少笔直的柱状红桦，有很多长成多枝干呈冠状的树形，别有一种风姿。此行重点观赏的高山杜鹃，在这面阳坡上大都开着白色的花，而在随后草甸和秦岭顶西坡上看到的大多是粉红色的花，每年"五一"前后盛开。这些高山杜鹃，树干透着微红色，树（干）围大多在20厘米以上。在高海拔处，树木长得很慢，估计这些杜鹃树龄都在百年以上。它们和红桦、冷箭竹、冷杉等生长在一起，和谐共处，形成珍贵的针叶混交林。当看到路边的一棵粗壮的冷杉的时候，分水岭草甸到了。

海拔2550米的分水岭草甸是由几面起伏的山坡连成一架巨大的山梁，东西两头最高山梁约2660米。站在梁上，西边的鹰嘴峰、光秃山、鹿角梁清晰可见，西北的冰晶顶若隐若现，南面群山连绵，近处奇峰突兀。巨大的草甸上，布满淡黄色的草和大熊猫最爱的食物——冷箭竹。草和冷箭竹依偎，如同艺术家的笔画出来一般，凹凸起伏，形成一幅巨型画毯。而蓝天白云，在这画毯上空游弋，天地间美轮美奂。

秦岭之夏

▲ 分水岭草甸南望群山

先期到达的山友已经三三两两在冷箭竹围起来的草地上休息、拍照。我们在一棵被冷箭竹包围的开着繁盛的杜鹃花树下留影，而后继续向起伏的西南草甸穿行。

穿过密匝匝的冷箭竹林是件很困难的事，必须全副武装——帽子、太阳镜、多用头巾、手套，把脸和手护卫得严严实实，还免不了被冷箭竹的枝叶划伤。积雪融化使得小路泥滑，一些路段还有积雪，且仅容单人通过的小路时常要"错车"。好不容易走出一面坡，远远望见西南方对面山腰上有很多人休息。简单判断，那里是垭口，风一定很大。于是，驴队决定就近在这面阳坡上扎营造饭。

141

▲ 分水岭草甸中娇艳的高山杜鹃

第一个发现这些不起眼的嫩苗的是杨玲老师。是野葱！她在昨晚就提醒大家带上袋子。这些嫩绿的小苗，有的密密麻麻一丛，有的长在冷箭竹或灌木下，单苗的就长得大些。女山友迫不及待动手了。

寻得一向阳背风处，听风照例起炉给队友煮方便面。用秦岭沣河源头的山泉水煮出香喷喷的方便面，放入刚刚拔来的野葱，清香扑鼻，山友们连连赞叹"太好吃了"。

吃完饭，男山友躺在草地上晒太阳，女山友就像勤劳的蜜蜂，在周围拔野葱。钻过一片冷箭竹，发现冷箭竹围出一小方草地，长着大大的野葱，拔了这些野葱，干脆躺在草地上，将帽子扣在脸上，闭目享受在城市无法享受的阳光。呼啸的风由远及近，但我的领地密不透风。脸上一会儿灼热，一会儿清凉，我知道，那是风和云团在追逐嬉戏。顿时，幸福感爆棚。幸福，就是在艰难跋涉之后，躺在秦岭梁上的一片冷箭竹林里晒太阳。

因为今天要穿越，必须下撤到西南的垭口，再上坡，翻过海拔2600米的石头梁，在南坡穿行一片冷箭竹林，再翻越到另一个山顶，从秦岭顶北坡下到分水岭公路，沿着公路走四公里回到出发地点。我们下到草甸垭口时，密集的山友开始向东坪沟下撤，还有不少山友休息和拍照。听风估计今天到草甸的有上千人，根据目测，我们到达时至少有三五百人。登分水岭草甸是休闲线路，有三条路呈M型，我们上来的东富儿沟和秦岭顶是南北两条线，最短的一条线是中间的东坪沟，一些单位组团和大队人马就是从中间这条线路上下的。

快上到草甸西南顶峰的时候，出现了大片高海拔植物和冷杉、松林，冷箭竹再次密集，开着粉红色花的杜鹃树依偎在高大的树木下。抬头望，怪石嶙峋，山峰如刀。身旁松树、杜鹃林立，景色如诗如画。驴队奋力向上，不时有反向的山友经过，相互"错车"。翻过仅有一个豁口的石梁，南坡的景色更加壮美。石峰下，斜阳照着淡黄色的冷箭竹林，与蓝天白云形成一种冷峻的美。我们下到竹林边，再艰难上行，到达朝天场，饱览大秦岭南北景色。

站在秦岭顶海拔 2660 米的山脊上眺望，秦岭北一片氤氲，而秦岭南连绵起伏的群山，被流动的云团涂抹成层次分明的黛色。夕阳下，一种悠远旷阔的美，震撼心灵。我们在蓝天白云下，在秦岭梁巨石上，留下举手触天的难忘身影。

沿着秦岭顶的西坡下山，小路由树根和石头盘成，不是很难走。路边的各色高山杜鹃花触手可及，红桦、冷杉、冷箭竹一路相伴。夕阳将树木、竹林、花草、小路和我们涂成暖黄色，一种温暖和浪漫的幸福感弥漫。

下午六点半到达分水岭 G210 国道，徒步一小时返回下鸡窝子起点。

▲ 秦岭梁景色　　▼ 俯瞰分水岭草甸

云归秦岭

登山简历

2019年5月11日，七人驴队从秦岭沣峪下鸡窝子，东富儿沟，到秦岭高山草甸，穿越秦岭顶分水岭，到秦岭顶公路，返回起点，O型休闲穿越。

自驾线路：西部大道—西沣路—沣峪口—G210国道沣峪段—下鸡窝子，原返。

徒步线路：下鸡窝子—东富儿沟—高山草甸—秦岭顶分水岭—秦岭顶G210国道—下鸡窝子。

徒步距离：徒步约15.3公里，徒步时间9小时。

海拔：海拔区间1700～2660米，高程960米。

在流峪邂逅麻线沟和界牌沟

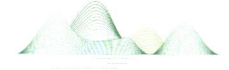

流峪是古道，是秦岭的南北通途

南出曲江，原本要走雁翔路至环山公路即 107 关中环线至流峪，司机梁师傅的一个小疏忽，让我们享受了长鸣路的快捷和绿色林荫道的惬意。转向新修的周蓝（周至到蓝田）公路，朝汤峪镇方向行驶，途中穿过白鹿原和厚朴梁之间的盆地，路两旁高高的杨树，树林前金色的向日葵和大片的庄稼，一闪而过的农舍，清凉的风，让久居闷热高温城市的资深美女们大为愉悦。

八月中旬，"秋老虎"继续在西安城肆虐，青溪黄花川美行团开启清凉之旅。

从汤峪镇上 107 环线，折向东北，过赛峪口，在公王岭下的"蓝田猿人"遗址处折向东南，顺 S101 省道行 3 公里到九间房镇峪口村进入流峪。

入峪口，清凉的风瞬间退却城市带来的燥热。

省道 S101 过去是连接秦岭南部商洛和关中平原的重要途径，该路段在商洛境内只有 17.6 公里，其余皆在蓝田境内。到黑龙口山梁一带，也就是秦岭在流峪段的分水岭，分水岭以南为长江水域，以北为黄河水域。S101 省道和 G312 国道也在这一带会合。

过峪口村、柿子园村、栗树坪、李家坪村，以及近年新建的"流峪飞峡"景区，美行团六位资深美女在郑家坪村河对岸的一户农家住了下来。午饭后顺着省道步行至张家坪卫生院，离开省道，向南走去。

流峪，又称"留峪"，是著名的蓝田七峪之一。流峪水发源于秦岭主峰之一的天平山脉——蓝田与商州的界山，主峰凤凰山海拔为 1964 米。流峪水向西北流至许家庙附近注入灞水。

流峪峡谷内山峦叠嶂，沟壑纵横，地势险要，具有重要的战略地位，为历代兵家必争之地。《通志》云：相传汉高祖入武关，兵分二道，一出蓝田（关），一出此。流峪自古就是贯通长安与商洛之间的重要交通要道，也是长安出秦岭的六大通道之一，古代长安人多是经流峪过分水岭到商洛，再沿汉江通往中原和江南。隋唐时期，从中原和江南各地进京赶考、求官、经商的纷纷从此道而过，人流络绎不绝。近代，流峪仍然是西安至商洛及中原的一条重要通道，后命名为S101省道。今天，随着蓝小二级公路、沪陕高速、福银高速的开通，这条古道已经不像往日那么繁华，路上少有车辆。然而这里山高入云，瀑布飞悬，绿树成林，草木丰茂，吸引了周边的市民和驴友，每到周末，不少来自西安、咸阳、渭南、商洛、河南的游客，驾车来流峪避暑、休闲度假。

▲ 流峪景色

麻线沟是自在田园，雪藏关中黑猪

穿过村前有几棵古树的村庄，见十几户人家门前都种着花草。不少车辆停在路边，游人在河边、树下、农家院落休憩。当地村民就蹲在路边出售自产的土豆、"彩虹豆"（豇豆的一种）等，其中的深紫色土豆是政府无偿提供种子让村民试种的，资深美女们中午已经品尝，这种土豆不是传统紫皮土豆，个头很小，也许花青素较普通土豆高，但口感欠佳。大伙儿没有停步，在麻线沟和界牌沟分岔处，朝左前方的麻线沟走去。

麻线沟、界牌沟、郑家坪等都属于张家坪行政村。过去，张家坪是流峪骡马古道上比较大的一座驿站，从东边灞源和南边黑龙口过往的客商都到这里休息。从这里往左转就是通往灞源镇的公路，这条公路也是过去通往灞源的古商道。直行即通往黑龙口至商洛。

麻线沟是偏僻的一个村民小组。我们顺着平展的水泥村道行进，路边有高大的树木，盛开的野花，河道有潺潺流水。很快，看到一片玉米洼地尽头，有两三院农舍，于是顺着整修得非常齐整的石子坡路，朝两户人家走去。山里人一天两顿饭，已经是下午三四点，一对老夫妻和回家避暑的儿子正在吃饭，看见我们，便起身招呼。这里的家户没有院墙，院落干净，院畔种满了鲜花，旁边隔着篱笆墙就是庄稼地。

我们来到旁边另一家院子，这家朱姓男主人豪爽好客，立刻端了长短板凳和小方桌，让我们坐在院子里的核桃树下乘凉。女主人则提了暖水壶，给我们倒水。水是山泉水，资深美女们纷纷倒掉自己杯子里的水，品尝甘甜的山泉水。

麻线沟有三十几户人家，好些都办了农家乐。朱家今天刚刚打好了土豆糍粑，盛邀我们品尝，因我们刚吃过午饭，要了两碗分着品尝，这一品尝不得了，个个称赞好吃。朱家老两口和女儿同我们围坐在一起拉话，女主人从核桃树上摘了绿皮核桃，剥皮夹壳让我们品尝，核桃鲜嫩香甜，只是因春雪摧花，挂果太少。老朱见识颇广，和资深美女们聊得十分投机。资深美女们参观了老朱家的新房和上百年的老房子，对凉爽的老屋赞不绝口，直后悔没有继续深入，住在老朱家。

看到老朱家新房地下堆着小山似的深紫色土豆，问老朱好不好卖，老朱说不好卖，政府让种的时候说如果卖不了，政府收购，目前还没有人来收。"打糍粑用的是一种泛黄的传统种植的土豆，这种新品种土豆是不能打糍粑的。"老朱的女儿说。

站在新房院子里的核桃树下，和老朱的女儿聊天。得知，当地经济收入除了种庄稼，也经营农家乐，她叔叔在这条深沟里还养了野猪，猪肉都卖给城里人了，收入还不错，她也在网上帮叔叔卖野猪肉。

老朱家院子里的核桃树长得丰茂，坡底下庄稼肥实，院畔的花硕大艳丽，引得蝴蝶留恋纷飞。这里的蝴蝶又多又大，有一只黑蝴蝶像燕子一般大，直引得资深美女们追逐拍摄。仲琴说，秦岭别的沟峪也有蝴蝶，但感觉麻线沟最多，最漂亮。据介绍，秦岭不仅是长江与黄河的分水岭，中国南北气候的界山，还是东洋界蝴蝶分布的最北限。

离开老朱家，朱家嫂子一直把我们送到村道旁，我们俨然成了亲戚。挥手告别，顺着村道回返，天阴了下来，刚出麻线沟，下起了雨，雨滴打在河边的金鳟鱼池里，七八个城里人围坐的一桌聚餐被打散。路边装着土豆和彩虹豆的筐子还在，主人不知去了哪里躲雨。我们快步离开，冒雨赶回住宿地。

山里的雨说来就来，说停就停。刚到郑家坪住处，雨就停了。我们吃过可口的农家饭，见天色尚早，走村串户意犹未尽，决定开车逛麻线沟。一路幽静，晚风清凉，车上的仪表显示气温只有19℃。进入村子发现一辆红色轿车跟在后面，停车一问，得知他们在找住宿，就一路带到"亲戚"老朱家路口，而后继续深入，到最后一家院子里停下来，车路也尽了。

涂老爷子坐在院子里正和两个亲戚谝闲传。一个妇女来取刚刚挤的羊奶，而他家的重点是养猪，养关中黑猪，只给猪吃苞谷、麸皮和沟峪里的"山珍野味"。和老爷子正聊得起劲，一个精干帅气的小伙子从黑黢黢的沟里头出来。这是老人的小儿子涂学良，是养猪场的主力之一，养猪场是涂老爷子的两个儿子办的，大儿子管生产，管猪的饲养，小儿子管销售，老人只是敲敲边鼓。资深美女们自然对这样的好环境、好空气中养出的猪感兴趣，一番交流后，留了涂学良的电话，相约八月十五之前，杀一头猪，资深美女们合伙买猪肉。

麻线沟为什么叫麻线沟，大概是这个沟太窄了，窄小得像麻线。坐在车上望着两边黑黢黢的山，想起和老朱的对话。麻线沟的两边田埂上种了不少麻类植物，这种纤维植物，泾

▲ 麻线沟涂家小院

阳农村叫"线麻"。过去纳鞋底、拧大绳、绑东西，用处可大了。"麻线沟是不是也有这个意思？"仲琴说。

界牌沟幽静安逸，风光迷人

从卫星地图上看，麻线沟和界牌沟呈"人"字型向东南和西南伸展。麻线沟的老朱说起山那边的界牌沟，充满了优越感，口气还有点不屑："那条沟自然条件比这边差远了，住得分散。"但资深美女们不这么认为，心里对界牌沟的"穷山恶水"越发好奇。老朱说，界牌沟本来有五十多户人家，因为条件差，有十来户在泾阳买了户口搬走了，现在剩下三十几户了。

第二天早上六点半，梁师傅开车载着资深美女们向界牌沟进发。资深美女们要趁着清晨凉快，在早饭前走一遍界牌沟。界牌沟的确不宽，耕地比麻线沟要少得多，能看到的只有河滩地。车只开了十几分钟，就看到路边的房屋，于是下车向村民打问。这时发现左边沟内有工人正在拆建一排房舍，老乡说，那是城里人租了二十年的房子，要改成民宿。老房子的外墙都保留了原样。

真是捷足先登。之前有朋友要做民宿，还委托我寻找山里合适的地方。看来这里幽静的环境、清新的空气很适合做民宿。继续向前，见对面有一排房舍，无人居住，但在明暗的光线里，和背后的山形、屋前的绿色植物，以及蓝天白云衬托下，成为一处绝美的风景。

水泥村道在一户村民家门前截止，我们停车，开始沿着石子路向沟里深入。

▲ 夏日界牌沟，野花丛生

　　河滩地在抬升，种了一些庄稼。路边有高大的杨树。不到一公里，又有分岔路，一条小河分开了几户人家。河对岸有两三院房屋，一个六十来岁的老汉说他家就在那里，还养了鸡，旁边的邻居家已经不住人了。河这边的老人用锄头整理路边的草，他也是独居，天冷了到临潼儿子家居住，夏天

回家避暑。周围几家也已经没人居住了，租给了城里人。

越深入，沟越窄，坡越陡，植被越好，花越鲜艳。满坡的鲜花，红的，白的，粉的，紫的，蓝的，各种各样，争奇斗艳。资深美女们带着的行走手杖成了累赘，一个个忙着拍摄，拍了花，拍蓝天白云，再拍花丛中的自己，根本停不下来。再向前，植被越来越厚实，那些花的枝条干脆一大丛一大丛地垂在路边，挡住去路。

小路越来越窄，有一段路面渗出水来，泥泞难行。好在拐上一个山坡，离开河沟开始爬山。

这是向村子里老乡打听的路线。山上有个小祠，周边的村民每年还要过庙会。在一块巨石旁稍作休息，资深美女们紧跟着带头大姐李静，奋力向上。不一会儿疑似路断了，李静继续探路，让后面的资深美女们稍微停一下。此时，四位关中平原长大的资深美女腿脚发颤，打了退堂鼓。唯一的男性梁师傅留下来和她们下撤。我本来断后，这时紧走几步随李静穿过小树林，再穿过一片松林，十几分钟后到达白沟梁垭口。眼前是传说中的小祠，用红砖垒成，旁边有一棵树干可以三人环抱的千年古树。垭口两边山梁上树木茂盛。站在垭口南望，可以看到脚下的大峡谷和远处的山峦，那里是蓝桥镇的地盘，著名的蓝关古道和牧护关就隐藏在那些山峦中。

回返到村庄，一个从对面陡坡上下来的老人说，上面有一块很大的平地。难道就是传说中驴友们流峪小穿越的牧场草甸？它是远古留下来的吗？只有下次再来探寻了。

▲ 垭口寺庙前的千年古树

早饭后,资深美女们在流峪水边休憩。回到环山路,梁师傅兴起,一脚油门把资深美女们拉上蓝关古道。站在高处一览众山,俯瞰蓝田县城,资深美女们个个意趣盎然,兴高采烈。后至蓝田县城大喹著名的蓝田小吃,尽兴而归。

见此图标 微信扫码 云赏大美秦岭,感受中华龙脉的雄浑与细腻。

> **登山简历**
>
> 2018年8月11日至12日，青溪黄花川美行团七人探访秦岭流峪麻线沟、界牌沟。
>
> 驾车路线：曲江大道—南二环东段—长鸣路—周兰公路—汤峪镇—关中环线—S101省道流峪段张家坪村村委会—麻线沟与界牌沟分岔路口—麻线沟—涂家院子（养猪场）—分岔路口—界牌沟。
>
> 驾车备选路线：高速曲江口—沪陕高速—玉山出口—S101省道—张家坪村村委会—麻线沟与界牌沟分岔路口—麻线沟—涂家院子（养猪场）—分岔路口—界牌沟。
>
> 徒步路线：郑家坪—麻线沟；界牌沟—寺庙垭口，原返。

补记

2021年夏秋的几场大暴雨之后，流峪内的S101省道，以及大部分村庄、养猪场等已经不复存在。

秦岭之青绿江山（摄影 见澈）▶

云／归／秦／岭

YUN GUI QIN LING

秦岭之秋

秦岭之秋

紫柏山秋色

刚出凤县城南,我们就被道路两旁绚烂的秋色迷住了,忍不住慨叹,如此近距离地靠近美景的小城居民真是幸福。

车一拐弯,早晨新鲜的阳光越过对面的山头,把红黄褐绿相衬的色彩拢于她朦胧的气雾之下,而把明丽打在我们近旁的山坡上,于是,那些橘红和艳黄就充满了鲜活和生气。我们连忙下车,将镜头对准石崖上一株独自绽放、颇具仙骨的黄栌,还有,那一大片铺陈到蓝色天际的热烈和娇艳。生活的欢歌,天籁之音,神的微笑,此时都融入明净的天空和秋光熔金般的颜色里。

我们前行的速度缓慢。当我们被层次分明、色彩浓烈的山峦四周环抱的时候,再次驻足。触摸路边因阳光而生动的树叶,泰戈尔就像风一样涌进意识里:"我的感觉就像是我们古老的大地,在被太阳吻着的日常生活中的狂欢感觉;我自己的意识仿佛涌流过每一片草叶,每一条吮吸着的草根,穿过树干和树叶一同上升,在喜悦的颤抖中,和在田中摇动的玉米和沙沙作响的粽叶一同绽放着。"

我带头造访路边农家简朴的小院，男主人是位上了年纪的老人，他似乎习惯了不请自来的探访，一边对答我们的问话，一边搬出高高的梯子给屋檐下挂苞谷。六七岁的外孙女始终依在外婆的腋下怯怯地看着我们这些陌生人。尽管侧旁有一座高高的还没有完全建好的灰色水泥楼房，但屋檐下、院畔的树上那几挂金灿灿的苞谷，依然是这个陈旧的院落最夺目、最有生气的点缀。

进入久慕的紫柏山景区时，我们开始步行。双脚踩在潮湿的土地上，心就找到了休憩的摇篮。我再次感觉到"我和大地的血缘联系，和我对她的亲属之爱。"开始，路旁摇曳的野花和柔和的风牵着衣角，让人难以迈步。我回转身，一棵干枯的树成为我镜头里的前景，她身后暗红色的色彩突然对我产生了深刻的诱惑。我预感到一场视觉的盛宴即将到来，而我眼前所见只是餐前的佐酒小菜。我立即加快步伐，向美的纵深突进。

倚在拱形小桥上留影——这仿佛是一个仪式。从此，我们所有人就被融入彩色的童话世界。而紧靠桥旁的三棵片叶全无、枝干挺直、不知芳名的树，仿佛彬彬有礼的门迎，也

▲ 紫柏山视觉盛宴

似乎是刻意给我们即将经历的华美营造强烈的对比。

迈上青苔和树叶覆盖的石阶，两旁是原始森林盘根错节的高大的树木，深秋的树叶已然疏朗，但那些坚持的叶子，或黄绿，或鲜黄，或橘黄，或棕红，明丽而招摇。已经疲倦的叶子，就蜕变为褐色，亲密地躺在林中仍然鲜绿的小草之间，恬静，无忧无虑。看，红柱灰瓦的"未病庐"就倚靠在山根色彩斑斓处，游人在廊下踱步。"天师草堂"下，几个悠然歇憩的人，好似住在画中。

接下来，我们在无边无际的金色的峡谷里跋涉，思绪时时被裹挟，迷失在霞雾般的林海树梢里。

过"好汉门"，一棵树以恭敬的姿态，深深地弯下腰，给行人搭了一个拱形的门，我们心领神会，以奇妙的心情通过。

相对于色彩，那些树干——那些或沧桑，或斑驳，或光滑，或植满青苔，或互相缠绕的树干，给我的震撼要更深入些。它们透出一种力量，昭示着一些复杂的阅历，支撑了头顶上的光鲜和华丽。沿途仅有的几株红桦，在众多密集的树中间，显得不怎么强壮，她绸缎般的衣裳里，裸露出绛红色的光滑肌体，有一种卓尔不群、飘逸不羁的风采。

越过阴风阵阵、滴水穿石的"龙宫洞"，视野开阔起来。我们在铺满厚厚树叶的小路上小憩。极目远望，赤橙黄绿在山峦间起伏颠荡，蓝天下，仿佛展开了一幅无限延伸的彩色画轴。神啊！我已经多次这样慨叹。我长久地凝视着眼前的景色，仿佛一眨眼她就会消失。我们的视线之内几乎涵盖了北接关中、西连陇南、南延巴蜀的凤县全境。那些著名的铅锌、黄金、石墨等宝贵矿藏就蛰伏于仙境般的山体内。早已迁徙到远方的羌族先民曾经就散居在美景里，过着怎样的神仙日子。那些被历史封存的文人墨客一定不同于征战的武夫将士,在途经古凤州时,或许想象过女娲在她的故里造化人类的情形。"铁马秋风大散关"的历史遗迹,"萧何月下追韩信"的陈仓道,《西游记》传说的景点晒经台、黄风洞、驮经神龟等众多的人文历史古迹,以及国家AAA级景区——嘉陵江源头风景区、通天河国家森林公园等,都隐于眼前纵横交错的延绵色彩里,对此刻的我产生了无限的诱惑。

就像是一台戏的高潮,也像是一个小结。紫柏山秋的华丽也在这里和我们告别。

我们进入一段根盘枝错的阔叶林,一种盛衰荣枯之感不禁系心萦怀。那些经历了抽芽、茁壮、碧绿和金黄的树们,那些高贵的紫柏,已经将青春和华丽统统覆于身下,给自己发酵着勇气、养分和未来。她们裸身伫立,枯萎得触目惊心。于是,那些在别处只能匍匐于地表、石阶的苔藓,竟然招摇地攀上树干、枝梢,成为树们秋冬季节绿茸茸的衣裳。黑色的树干和厚厚的积叶在背光的深秋里散发着沾湿的潮气,一派肃杀。她们在坚持和忍耐,等待生命的又一个轮回。

长时间的跋涉已经让我们耗尽了大部分的体力,我们

云归秦岭

在汗流浃背中稍作休息,就会感到强烈的寒气。看着这些被剥夺了衣衫而依然顽强挺立和忍耐的树,突然对生命有了顿悟,生命的旅途是漫长的,所遭到的快乐和忧伤是不可避免的,必须修持极大的耐力来支持一次次的考验。伟大的泰戈尔就曾写道:"人性一方面有追求愉悦的欲望,另一方面是想望自我牺牲。当前者遇到失望的时候,后者就得到力量,这样,他们发现了更完美的范围,一种崇高的热情把灵魂充满了。"

当我们即将耗尽全力时,终于到达了此行的终点——草坦。

依然是红柱青瓦,刻着"紫柏山"三个金色大字的山门亲切地迎接我们。天地豁然开朗,一个巨大的草甸,以流金的色彩呈现在眼前。震撼之后是长久渴盼的心的休憩。这景色,曾经就在我的梦里,冥冥之中似乎有一种力量牵着魂灵

▲ 紫柏山草坦

寻觅到这里。我们嬉戏着，释放着巨大的喜悦和快感。然后，躺在深茂的草丛里，我们伸展着四肢，闭目静享，淡淡的草香混合着阳光的味道把我们团团包围。那些曾经娇艳的花依然妖娆地将苗条的身姿，在我们眼前，铺陈在一尘不染的蓝天上。我的大地母亲今天穿着阳光照射的金色衣裳。"她坐在那里，用遐想的眼光盯着过午的天边。"我的灵魂无尽无休地在她身旁喃喃地说着。几个躺在被称作"坦"的草丛里的跋涉者，如同在大海里漂浮着的几只幸福的小船。

许多世纪以前，大地在她原始的青春里从海浴中上升，在祈祷中向太阳敬礼。时光的修炼，风和太阳的雕刻，日月星辰的相伴，使她脱胎成今天的模样。爱默生说，大自然是什么？是神性的轮回，它那不可理解的连贯性，从来没有开始，也从来没有结束，永远是圆形的力，回到它的自身。这

▲ 躺在被称作"坦"的草丛里

云归秦岭

一点也正和人的心灵相像，它永远不能找到它的开始与结束——这样完全，这样无限。我想，前生我一定是林中的一棵树，在厚实的土壤里，以最初冲动的芽，和世界见面。在盲目的喜悦中，我的叶子怒生，我的花儿盛开，我的肩头扛着沉甸甸的果实，然后，又一身轻装，经历秋霜与寒冬，等待下一次的萌芽。

这真是一次奇妙的跋涉。几个小时的行走，就像经历了人的一生。人来到这个世界上是充满希望的，要赏阅旖旎的风景，也要路过枯萎和残败。痛苦和快乐，艰辛与享乐始终紧随相伴。然而，唯有在美景和享乐中不沉迷，在痛苦和挣扎中坚持和不放弃，才能到达生命的高处。

登山简历

2008年11月1日，与静洁、红树叶儿等七人登凤县境内紫柏山。

驾车路线：西安—西宝高速—宝鸡—嘉陵江源头—凤县县城—紫柏山景区入口。宿凤县县城，原返。

徒步路线：紫柏山景区入口—好汉门—龙宫洞—紫柏山山门—草坦，原返。

海拔：海拔区间1300～2538米，高程1238米。

金色的凤凰岭

　　河沟里的土棱上斜斜地长着一棵黄栌，在早晨十点的逆光里远远地流溢着雾蒙蒙的金色。刚刚经历过的一大片有两百年树龄的老板栗树林子，那些沧桑的枝干盘龙虬枝，招摇的艳黄叶片和它脚下绿油油的麦田，已经被关在心底。我们也甩掉村口那片去年曾经挖过荠荠菜的麦田变成的荒草滩，以及秦岭野生动物园东墙外老板栗树和麦地被大片建筑垃圾占领的惋惜和不快。在这个窄小的鸭池峪口，仰望对面坡上的翠柏和间或的淡黄色树叶，期待更精彩的艳遇。

上山

　　沿一条细小的山路上坡，灰绿的蒿草散发出浓烈的清香。一转弯，又一株艳黄的黄栌入眼，心一激灵。这种心形或倒心形落叶灌木，在春夏季节，和秦岭庞大的绿色植物群混杂，看不出什么特别，但一入秋，它就光芒四射，出挑得艳丽绚烂，如同妖娆的少妇，让整个山峪为之倾倒。回味当中，到了第一道山梁，路旁有小而简朴的寺庙，庙前的香炉上雕着四个字：厚德载福。想《周易》有"地势坤，君子以厚德载物"，被书法广为弘扬。思量这"厚德载福"出自哪里，也许是左丘明《国语·晋语六》中所云："吾闻之，唯厚德者能受多福，无德而服者众，必自伤也。"小小的寺庙，让大脑稍稍过滤一下国学，复习一下古人的德训。这也许是寺庙的魅力和其能存续的原因。据说，这福德庙每年正月初六香火极盛，这种极具形式感的聚会，想必是乡邻对"福德"最朴素的表达、最虔诚的祈愿。

我和红树叶儿在寺庙前柏树林一块平坦的地块小憩。这里有几块方石，显然是驴友经常休息的地方，树林的阳坡下，就是去年春天我俩揪过野生小蒜苗的林子。那天，我们在林子里午餐，然后在暖暖的春光里，大把大把地揪着野生小蒜苗。闭上眼，似乎还能听见"噌噌——"的声音，闻到带着辛辣味的清香。红树叶儿无限怀恋地说，明年春天再来吧，嫩嫩的小蒜叶做饺子馅儿实在是太香了。

沿着山梁继续上行，开阔的坡地，等身高的蒿草和抽出白色芦花的茅草让出一条小路给我们通行，几棵老杏树依然一身墨绿，三四个下山的长者，在一棵长相奇特的老杏树下休憩，其中一位坐在杏树几乎是横平伸出来的枝干上，谈笑风生。我们没有停步，朝着对面住有比丘尼的寺院方向。

拐过一道弯，路边小树上有黑紫色的小果子。我正在疑惑，红树叶儿说"软枣啊"。我立刻过去，用登山杖勾了一枝，摘了黑紫色的果子塞进嘴里，绵甜满腔。红树叶儿以对植物的权威说，这应该是去年残留的，今年新结的应该是黄色的。我将信将疑，在另一棵树上果然看见了金黄色的软枣，吃到嘴里是涩涩的，不敢再贪食。

今天，寺院的山门紧闭，寺院外没有一个游人，和去年春季人山人海形成强烈反差。寺院外曾经种着庄稼和小草的大片坡地已被半人高的荒草占领，只有土地神还坚守着那个小小的领地，只是那副霸气十足的对联已有一半看不见了。我们从寺院墙外绕行，隔着篱笆向在寺院菜园干活的长者问路，而后继续上行。

小路变得陡峭，铺满绛红的板栗树叶。尽管这道山梁变成深绿的柏树林，不见一棵板栗树。我知道，在月光如水的某些夜里，风歌唱着，轻而易举地将不远处的板栗树叶搬到了小路上。黄鼬、松鼠们倥偬的身影，不留一丝痕迹。或许还有猫头鹰惊讶的眼神。那些坠落的板栗树叶儿，起初是黄色的，雨水和日光把它们发酵成这种内敛的色调，以附和萧瑟的冬季。踩着厚厚的树叶，脚下感觉到松软的弹性，空气中有树叶和大地的味道，如此完满，喜悦之情从心里蔓延到浑身的每个细胞。

在山的褶皱里回旋几道，黄栌再次出现。除了一棵树状的黄栌罕见地守在路边，大部分的黄栌蹲守着，谦卑而热烈地迎接我们，生怕行人看不到似的。从子午峪穿越过来的山友迎面下来，或鼓励或称赞，只有一个家伙傲慢地说，你们走了不到三分之一，至少三小时才能到子午峪！三小时，这对我们算不了什么。我们不紧不慢，继续上行。

凤凰岭

高大火红的榛木林映掩着巨石，使这个山岭上的垭口显得局促。垭口向南是陡峭的二杆子山（驴友也叫双杆子山），向北是火红的凤凰岭，向东是朦胧的金仙观，向西是我们刚刚登上来的鸭池峪。山友说下山到金仙观的路缓好走，而从

▲ 凤凰岭南望

凤凰岭下山山路陡峭难行，但风景绝好。我们选择了凤凰岭。

　　橘黄的榛林从垭口蔓延，占领了整个凤凰岭。这种浩荡和纯粹是我从未见过的。它们密密实实，长了半人高，给山友仅留了可以单人通过的窄路。这种灌木科的植物，不像它的邻居黄栌那样散漫，而是像一株株微缩的景观树，长得有模有样。榛子叶，像凤凰的翅膀一样，浓密地排列在枝条上，近看，像一只只振翅欲飞的火凤凰；远眺，如一片金色的海浪。我们在这金色的海浪里流着汗愉快地攀登。尽管路陡且滑，要不时拽着榛子枝条——有一棵小小的榛子树干被过往山友摸得光溜溜的，不知它搀扶过多少人！为了表达亲密，榛子树们会拉着我们的衣角，抽出衣服上的线来，缠缠绵绵。

如果低头细看，榛子树下有小小的榛果，有的还幸福地躺在毛茸茸的果壳里。但这时的榛果大多已经被虫子享用过了。榛子是相当美味的，它形似栗子，外壳坚硬，果仁肥白而圆，吃起来特别甘香美味，因此成为最受人们欢迎的坚果类食品之一，有"坚果之王"的称号。榛子别名平榛、棰子、山板栗，为桦木科植物榛的种仁。我特别钟情于榛子，喜欢吃榛子巧克力，榛子点心等。超市里的榛子是脱了壳的，而我去年秋天在清凉山下捡拾的大袋榛子是新鲜的，尽管不知道如何焙制，但捡拾时那种喜悦之情令人回味。

在我国，榛子的大面积栽培种植比较少，但东北、华北、西北的广大山区，都有野生品种。《诗经》中就曾有人们食用榛子的记载。明清年间，榛子甚至是专为宫廷所享用的坚果。

我不知道眼前这榛林是人工所植还是天然形成，如果是人工栽植似乎不可能，因为它们非常稠密；如果是飞播，那附近的山头为什么没有榛子树；假如是自然野生，为什么除了稀少的柏树没有其他植物混杂呢？我和红树叶儿一边爬山一边讨论，不时回望。眼前的凤凰岭的金黄色和对面二杆子山的翡翠色形成鲜明对比。

到达平坦一点的山梁，见几个女子铺了地垫，舒服地躺在林子里。我们继续上行，在更窄的岭上，在一个纬度里，榛子树突然集体消失。我想，榛子树适宜的高度大概在海拔700～1000米。

我们停下来回首眺望对面的二杆子山，景色再次变幻。开始，我们正对的，只有眼前的一座山，或者说是一圈山峰。及至半山腰时，视野里出现了重峦叠嶂。站在山顶，极目南望，群峰耸立，纵横交错，视线尽头，山峰淹没在氤氲的山岚里。而我们刚刚登上来的平坦的山梁，就像凤凰的脊背，在一片金色中疏朗地穿插着一枝枝白色芦花。南面二杆子山的背后，崇山峻岭，五彩缤纷，就像凤凰张开的羽翅，美轮美奂。我们站立的地方，就是凤凰优美的长颈。整座山岭，就像一只向北振翅飞翔的火凤凰。

行进在凤凰岭之巅险峻的山脊上，在灌木丛中穿梭，路旁灌木枝条上有稠密的或鲜红或紫红的豌豆大的浆果，我伸手摘了就放到嘴里尝,红树叶儿警告说,怎么什么都吃,小心有毒。我毫不在意地一笑,有果实照样给嘴里塞。山风习习,吹走了一路跋涉的倦意,吹醒了迟钝的神经。回头欣赏那迷蒙深邃的峰谷,呼吸着野草山风的芳香,五脏六腑顿觉清爽。

到达凤凰岭最高处,已经有山友野餐。我们寻了一处石台高筑的地方,面向南山,面向凤凰飞翅的方向,在暖融融的阳光里,享用随身携带的午餐和人参果、枸杞、红枣茶。

凤凰岭最高处,也不及对面山峰的一半,但这个高度非常适合欣赏整个山岭立体的参差美感。极目远眺,蓝天衬底,群山流彩;俯瞰凤凰岭,斜阳笼罩,漫山金黄。我想象着东边的翠华山、南五台、嘉午台和西岳华山,西边的牛背梁、鳌山、太白山,秦岭这条山脉绵延出了多少名山胜景,吸引了多少驴友的目光与脚步!据说全国驴行活动最活跃的是陕西,个中缘由怕是因了秦岭这一年四季不同景色的诱惑。秦岭七十二道峪,我登了不足三分之一,此刻,对那些未知山峪寻访的渴望,更加热切。

下山

驴友把这道凤凰岭叫作"硬梁"。在下山的过程中,我们才领会了"硬梁"的深意。驴友们的警告绝非危言耸听。

从凤凰岭向北,就能看到我们上山时路过的小庙。这真是奇妙,我们爬山几个小时,原来还是没有走出这座山。

山路在长着板栗树的山脊上继续沉降,远远传来一个浑厚的声音:君不见黄河之水天上来,奔流到海不复回。君不见高堂明镜悲白发,朝如青丝暮成雪……在一段陡立处狭路相逢,一个戴着眼镜的六十来岁的山友,一边大汗淋漓地爬山,一边放声朗诵。我们由衷地赞叹,感慨西安人的文化底蕴。感慨之余,红树叶儿想起了大学时代,想起在西大操场边晚饭后的独自诵读,真是美好的回忆、美好的时刻。

我们行走的山脊西边是鸭池峪,东边是子午峪。接下来遇见的板栗树让我们惊奇,它们不像山下的板栗树那般散开树枝,而是像高原上的白杨树一样,主干笔直高大,枝条一律直溜溜向上。路边,有一棵板栗树更加奇特,竟然在不到一尺的树干处,分成三棵高大挺直的树,树叶儿几乎掉落干净了。我想，植物学家对此恐怕比我们更感兴趣。

在板栗树告一段落后，陡峭的小路变成了沙土，脚下一不小心就会打滑，我们小心翼翼，走得很是艰难。黄栌似乎喜欢这样的土质和环境，它们茂盛地再次出现。向子午峪方向望去，黄栌一丛丛地，斜阳下，在白色的芦花衬托下，明丽绚烂。路旁，一棵黄栌枝干断裂，露出黄色断面。红树叶儿说，这黄栌木头可以做染料。北京香山的黄栌就是当年朝廷种植的，供清宫作布匹衣物染料。《本草纲目拾遗》就有记载："黄栌，生商洛山谷，四川界甚有之。叶圆木黄，可染黄色。"黄栌的树皮和叶可提制栲胶，枝叶入药有消炎、清热之功效。看来，黄栌不仅仅是眼睛的盛宴。

从山脊下到子午峪，车流堵塞，人山人海。我们选了清净的线路，从进出子午峪的老路出山，在环山路乘坐环山1号线公交车返回。

▲ 又见黄栌

登山简历

2013年11月16日，与铁杆驴友红树叶儿从鸭池峪登秦岭凤凰岭，至子午峪，U型穿越。

乘车线路：大雁塔北广场站，乘坐环山1号线，或者9号旅游车，鸭池村站下。回返，乘环山1号线公交车或环山2号线公交车，在子午大道环山路口站上车，至终点站。

徒步路线：环山路—鸭池口村—鸭池口—小庙—尼姑寺—垭口—凤凰岭—子午峪—环山路。

云归秦岭

从潭峪向曲峪，
穿过雾里鎏金的秋日

入潭峪口，大雾迎面，峪外是阴天。这突然的场景变换，瞬间产生了走进科幻电影的恍惚。走在硌脚的石子路上，只能欣赏路旁的巨石，偶尔的红叶，以及山上垂下的黄栌。潭峪河对面，纯粹的浓雾，唯有伸过来的象鼻子一样的两三条山脊，送来神秘的红黄色彩。

越深入峪内，雾色越来越浓，远近山河全部被淹没。我们只能专注于脚下。脚下的石子路上，开始有零星的枯叶。接着，叶子越来越密集。当山谷完全被浓雾淹没时，每个转弯处铺上了厚厚的红黄叶子。这是油画吗？哪一幅油画能有这么惊艳！我确信，为了让我们专注欣赏这样的美景，神刻意布下这漫天大雾。

行约七公里，我们在一块巨石上标有钟灵山和松嘴庙的路标处，与主路分道扬镳，向松嘴庙方向拐上土路，开始爬莲花山。

山友入潭峪，一般会走两条线路，一条是从此路标处继

▲ 路旁的红叶

续顺大路南行，一路上坡至废弃的采矿场，顺小路上九华山；另一条就是从此路标处右转上莲花山，穿越曲峪。我们今天就是走的后一条线路。

这是我第三次入潭峪。多年前的正月初八，闲来无事，独自开车进潭峪。车停在进峪口约一公里处，徒步至九华山下。那天，潭峪的人很多，成群结队，几乎都是附近的村民，这让我大感意外。他们穿着过年的衣服，说说笑笑，说是来逛的，孩子们跑前跑后，抓了路边的雪打雪仗。大部分的人，从路东一处有很多大石块的不起眼的陡坡爬上去，在豁然开朗的平坦处，看从山上垂下来的一面天然的巨型冰瀑，而后返回。上九华山的一些村民是烧香的，一早上山，下午三四点就出山了。我是下午三点多到九华山下的，下山的村民劝我返回，说山上的路很陡，路上结冰了，再说时间也不够。因不熟悉路况，我只好返回。第二次是今年四月，与多年未同行的红树叶儿和LIN及杨先生进峪。四月的潭峪，流水潺潺，鲜花遍地。原先计划走到九华山下，回返，没想到同学们的劲头挡不住，沿着弯曲的山道直上九华山山顶。山顶有几座庙，在庙会的时候非常热闹，这时只有一位做饭的师傅留守。我们上到寺庙，大风呼啸，下起了小雨。由于没有带防雨装备，冒雨匆匆游览，匆匆下山。

　　此刻，我们在小路上盘旋，空气清新，草木浅黄。路边有齐刷刷翠绿的蕨类植物与铺陈在小路上厚厚的红色叶子对峙；石头上鲜绿的苔藓和身旁焦黄的槭树叶媲美。一些紫的花儿在坚持，一些叶子在绿与黄中渐变。只有黄栌红得纯粹，落得缤纷绚烂。生命的顽强和脆弱同时在这个山坡上演。这就像人生，在大自然的神力下，妥协，顺应，抑或对抗，都是选择。无论如何，每个生命都在轮回。也许，已经被风播撒的花和草的种子，正在泥土里孕育新的生命。是谁说过，

秦岭之秋

生命的轮回是一个花开花落的过程,花开的时候尽情地绽放,花谢的时候才会有一地的缤纷,才会有无憾的人生。

▲ 黄栌落叶缤纷,铺就绚烂多彩路

"从现在起,我开始谨慎地选择我的生活,我不再轻易让自己迷失在各种诱惑里。我心中已经听到来自远方的呼唤,再不需要回过头去关心身后的种种是非与议论。我已无暇顾及过去，我要向前走。"米兰·昆德拉的真切表白，也表达出觉醒了的一些人的想法。

是的，我要向前走，还要向高攀。

下午一点，我们登上莲花山的垭口，平坦的山梁上，有几座小庙，这就是松嘴庙了。这些庙无人看守，破败荒凉。此处应该是东观曲峪，西眺九华山（民间也叫钟灵山）的最佳地点，但浓雾弥漫，能见度仅一二十米。驴队正在穿越，时间紧迫，我只拍了几张照片，留待下次细览。

穿过垭口，前队向右行进，但走了一段，驴头的导航失去方向。这时下起了小雨，大家折返至岔路口，转向左前方。

树状黄栌，纷纷俯身探头，绽放出它们橘红色的叶子。穿行期间，心脏以及身体的每个细胞活跃起来，每个人兴奋难抑。在山腰平缓处，队友们顶着零星小雨，吃过自带的食物，穿过细细的溪流，路过新鲜苔藓和几簇嫩绿小叶草，上坡，穿过不长的山脊，再"之"字形下坡，红叶如影相随。当再次走上一个海拔1550米的窄窄的山脊，美景进入高潮。厚厚的积叶在头顶，在前方，在脚下包围着你。迷雾流彩，金浪翻滚，小雨时急时缓，扑哧哧打在叶子上。*The wolven storm*响起，悠扬，魔幻，似人间，似仙境？

▲ 山脊色彩斑斓的厚厚落叶

马尔克斯的《百年孤独》及时赶来：即使以为自己的感情已经干涸得无法给予，也总会有一个时刻一样东西能拨动心灵深处的弦；我们毕竟不是生来就享受孤独的。拨动心弦的是这些精灵般的红黄叶子，迷雾，甚至还有赤裸的黑黢黢的树干。

翻下坡就是曲峪。但没那么简单，陡峭而松软的泥沙小路，覆盖着松软湿滑的树叶，无论是坐在地上下滑，还是像猿人一样双臂吊在弯曲的树干上荡过去，都有些胆战。当终于来到山下向另一面坡过渡时，看到对比鲜明的奇特景观——以沟渠为界，我们下来的这面坡是金黄色的，而对面的坡是绿色的。

农田，茂密的竹林。下午三点，驴队顺利到达曲峪千亩竹林旁的农家。一位身体硬朗的七十多岁的老者，独自守在三四间房屋的院子里，守着烟熏火燎的黑乎乎的屋子，却过得怡然自得。他养蜂、养鸡、养猫，也种花，土墙壁上挂着向山友出售山货的小黑板，只不过在这个季节，土蜂蜜和土鸡都卖完了，只有用细木做的登山杖出售。跑来跑去的猫，院畔还开着的几株紫色的花，以及竹林山风，也许就是他最好的伴。

我们在这里休息，和老人闲聊。每个人包括两位第二次随队登山的女子都有种打完硬仗、阅尽繁华后的轻松。

后面10公里的下坡路考验的是耐力。雨越下越大，曲峪的小路狭窄湿滑，必须全神贯注。虽然多次反向徒步曲峪，但在浓烈的色彩里行走，还是心旌摇荡，时不时停下来拍照。

曲峪又名金龙峡，峡谷瀑布群落密布，林海富氧，石峡风光旖旎，有神秘的原始人文景观，人称"北方第一峡"。由于相对海拔低，气候温暖，此时，峡谷浓密的植被红绿相间，别有一番风情。鸡架砭、万亩槐林、大峡谷、石船子、悬空古栈道、三重岩、金龙潭，所有这些景点今天都不重要了。大唐诗人元稹有诗曰："曾经沧海难为水，除却巫山不是云。"

下午五点四十分，出曲峪口。队伍集结后，冒着大雨穿过蔡家坡村，返回潭峪口，完成 O 型穿越。

登山简历

2019 年 11 月 9 日，八人驴队，一条小"比熊"，从潭峪穿越曲峪。

驾车路线：西安西太快速干线—环山路—鄠邑区潭峪口村，原返。

徒步路线：潭峪口村—潭峪石子公路—钟灵山松嘴庙路标处—莲花山松嘴庙—垭口岔道—分水岭—曲峪大竹林—农家—万亩天然槐林—金龙峡谷—景区出口—蔡家坡—潭峪口。

徒步时间：约 10 小时，徒步里程三十余公里。

清风左右至，白云回望合
—— 登东观音山

神话里的村庄，人间福地

沣峪口至 G210 国道 14.5 公里处西侧，村道以一个锐角上坡，行百十米至观坪寺村。路右侧，两座新起的三层灰色建筑前，铺了水泥地，外围新铺了草坪，栽种了竹子、芭蕉，看起来像个民宿。

继续上行，路的左侧几间房舍前，一位穿着棉衣棉裤的银发老奶奶坐在石台之上的门前，门边放着小木椅、柳条筐、扫把等农家日用之物，一只浅黄色小狗卧在她脚边。我夸她的房子漂亮，她和蔼地说，已盖起二十多年了。路东四间白色 U 型平房，上书"党员之家"，应该是村委会。

上行至村子中心，见"法华讲堂"依然大门紧锁，水泥路尽头坐北向南的土坯房前的一棵枣树上，稠密的红枣红艳艳的，一个中年男子坐在门前台阶上吃饭。街道水泥路拐向东，有几户人家，院门前的几株红色蜀葵静悄悄地开放。我回转身追赶同伴，见那间土坯房紧闭着的门打开了，一位白发苍苍的老人穿着棉衣，在门前拿着扫帚提着簸箕颤颤巍巍地扫地。这位三年前见到的老者似乎苍老了很多。

观坪寺村——当地村民习惯叫玉皇坪——传说玉皇大帝与陈抟老祖曾在此对弈，当地建了玉皇殿，因此得名。另一个传说是，很久以前，观音菩萨在登观音山前，曾在此地落脚传经，人们为了纪念观音菩萨的大恩大德，修建寺庙一座，拜佛求经，此庙取名观坪寺。世代变迁，庙址不详，但此名沿用至今。这里位于秦岭山区中间地段，原属喂子坪乡，现并入滦镇街道办事处，村居沣河两岸，G210国道从中穿过。村东紧靠道教圣地万华山，西靠佛教圣地观音山。

观坪村建于1964年，当时有15户50人有余。随着来自四面八方的村民落户，至今达到41户136人，姓氏达11个。1985年前大多数人家住草棚茅舍，如今村民大都盖起钢筋混凝土结构的住房。近些年，城里人来此登山、避暑、休闲，村子里游客不断，寺庙香火兴盛，有十多户开了农家乐，村民收益增加，生活条件逐年改善。

云归秦岭

庙宇如林，佛教圣地

秦岭有两座观音山，一座位于西安市周至县境内的耿峪，叫西观音山，2019年4月曾登临此山，并以《西观音山，一座被加持过的仙山》为题，记叙了登山见闻；另一座在西安市长安区境内沣峪，为东观音山，也就是我们正在攀登的这座山峰。传说，观音菩萨曾驾仙鹤路过此山，见林木丰茂，潭水清幽，紫气蒸腾，遂留步休憩，此山便得名观音山，休憩之地称作鹤场。东观音山自隋唐以来为终南山有名的佛教圣地和风景游览区，不少高僧大德曾在此修佛弘法，皇亲贵胄、文人墨客进山云游，求佛祷告，修身养性。

观音山的佛寺和茅棚有二十多处，大体分布在三个区域——前山即东坡，有东方茅棚、莲花洞、三圣寺、东净池等寺庙群和修行处；后山即西坡有西净池、金蟾寺（金蝉寺）、法华寺、万峰寺等；山脊沿线有观音台、孤魂台、弥勒台、舍身台，分布着观音正殿、送子殿、正顶中佛寺、山门寺、南雅寺等。环绕正顶四周山腰东西南北四个净池，依盘山栈道串联通达各个寺庙。诸净水池内泉水清澈，可供僧俗饮用。在南北净池之下有一天然岩洞，取名水帘洞，洞内面积 50 平方米，洞前新建一大殿。著名的圆照法师曾在这里修行。

千余年来，观音山香火盛极。至今，东观音山仍是一座在民间声望甚高的佛教名山，每年六月十九日，方圆百十里的村民及香客游人朝山拜寺，人山人海。为此，周边有名的大村子在山上建起了专属庙宇，俗称汤院，以便本村的乡民过会朝山。

林木葱郁，清风自扫

我是第二次登观音山。第一次是三年前的十月中旬。那次，从观音山东坡登岱顶，原路返回。今天再次从观音山东坡至岱顶，从后山即西坡穿至法华寺，而后从喂子坪出山。

因为前几天下雨，起初的山路有些湿滑。到达东方茅棚，未见修行人，转身进入山门。行几步即到巨石岩壁下的莲花洞——这里供着龙王，庙前有莲花池。台阶旁边，靠着山体的一侧，有高矮两座塔。

三圣寺是一个四合院形状的庙宇群，主庙供奉着西方三圣——阿弥陀佛、观世音菩萨和大势至菩萨，北庙供奉着弥勒佛，有寮房数间住着看庙人。先期到达的七八个山友在这里休息。我问一位住山看庙的中年男子，三年前见到的女士还在吗？答曰："那是我媳妇，回家收割（庄稼）了。"男子说，这里的庙是他母亲修的，母亲年纪大了，由他和媳妇看护（庙）。主人指着热水瓶，热情招呼山友倒水喝。我转到院畔钟楼边朝下望，山脚下观坪寺村的房舍已经像组装的火柴盒——尽管感觉没爬多久。

离开三圣寺，向东北上行，一拐弯，看到了东净池，长满荒草的院子前开出一小方地，种着茄子。几个山友，坐在庙前和一位穿着僧服的比丘聊天。

观音山东坡树林茂密，层次分明。起初是核桃树和柿子树林，是山脚下的村民栽种的果林，核桃树叶已经落尽，火红的柿子挂在枝头。继续上行，海拔 1200 米以上，进入青冈木和油松混合林带。这段山路要穿过茂密的树林，槭树粗壮高大，油松雄壮苍劲，草木葱郁，清风习习，宛如夏天。而到处滚落的橡子提醒——这里是深秋。

秦岭之秋

三年前的深秋，这里的青冈木开始泛黄，偶尔的金色黄栌，让树林鲜艳生动。然而，只要把目光落在草丛，就会看见触目惊心的场景——山坡林间到处是丢弃的塑料瓶和食品包装袋。如此情景，也破坏了登山赏秋的兴致。于是，禁塑和市民环保意识的提高成了一路的话题。而经常登山的驴友是非常爱护大自然的，一般会自带水壶、自制食物，不会随意丢弃垃圾。

今天，树木依然青绿，山林却干净了很多，这让人心情大好，不由想起山门门柱上的烫金对联——"入山门门是无锁明月常来，登宝地地若有尘清风自扫"。登山即修行，登山过程中与土地山石、草木灵鸟和长空日月交流，吸纳天地之灵气，摒弃心中杂念，最终会看到纯粹的本心。打开"心锁"，扫除"尘埃"，心中自有"明月""清风"。越往上，山路越陡峭，路边时有巨石，一些树木，在与巨石的抗争中，改变自己的形状，不屈地生长。

在庞大的巨石林立处，小路再次分岔——向东直上弥勒台，向西至南雅寺——我们折向西，在孤魂台下步行几分钟，经南雅寺的山门到一垭口，垭口南侧即为南雅寺。

云峰次第，幻海苍茫

南雅寺坐西向东，看起来与山上其他寺庙山门一样，修葺不久。墙体抹成黄色，灰瓦红柱，显得质朴。只是寺庙门上挂着锁，没有人驻守。

三年前，南雅寺很破败，虽未见到看庙人，但有炉灶、住处等生活痕迹。院内有三通石碑，两通为近代的功德碑，另一块老旧一点的是清代石碑。

事实上，南雅寺还有一件镇寺之宝，比尔·波特先生在《空谷幽兰》里说：七十一岁的住持常照，拿出一只小钟给他们看——那是三百年前清朝初年皇帝赏赐给南雅寺的，它看起来很粗糙……住持常照提到的这只小钟还在不在南雅寺，没有答案。但这块古旧的"大清咸丰三年"立的石碑——"三修南雅寺碑记"碑文却记载了南雅寺最初的名字"南垭寺"。

南雅寺斜对的垭口有一处庙堂，敞着门，没有门楣，不知供着何方神仙，门窗上有二十四孝漫画。垭口边长着一棵三百年古树——油松，树干树枝缠满了祈福的红布条，旁边有通往九龙潭和祥峪的小路。此时，已是中午十二点半，

秦岭之秋

我们就地休息，午餐。天空飘起了细雨，好在有这座不知名的寺庙屋檐的庇护。

离开南雅寺古树垭口，我们返回至岔路，登上孤魂台。

孤魂台是一座两面临空的独立石峰，峰顶有小庙孤魂庙，与西北方的岱顶遥遥相望。从孤魂台望过去，山门寺和它背后的正顶中佛寺，如海市蜃楼——孤峰高耸，危岩绝壁，惊心动魄，白色的花岗岩山体上，青松翠柏围绕观音台寺庙群，雄伟壮观。而孤魂台侧悬崖边一棵造型独特的油松，成为拍摄岱顶的绝佳前景。这里也可以俯瞰观音山下方的法华寺、万峰寺等寺庙群。

▲ 孤魂台远眺正顶中佛寺

▲ 悬崖边优美的矮小雪松

从孤魂台北侧陡坡,小心翼翼地下至另一个垭口,而后沿着北边山脊,爬上弥勒台。这条山脊几乎全部长着油松,小路和土石坡上布满红黄的松针,躺着一窝窝陈年松果。陡峭的小路沿东边的悬崖蜿蜒,悬崖石缝间长着一些矮小的松树——它们造型奇特优美,似乎永远长不大——三年前,以对面的迤逦群山为背景，拍下了它们的优雅姿态。今天再次举起手机，它们依然身处危岩，却从容淡定。

弥勒台最高处建有弥勒殿，殿前荒草掩映，石阶斑驳，似久未整修。殿前立"重修弥勒台碑记"。碑载，弥勒台是观音山大松树山门寺主要景色之一，立于悬崖峭壁之上，"地居高雅，历史悠久，古建辉煌，但屡遭破坏，尽成废墟，仅存山顶残佛一尊"。据传，台前夜宿猛虎，且有迹证。20世纪90年代，十方信众发愿在原址重建佛殿，并由西安市佛教协会、长安县（现长安区）宗教管理处、长安县沣惠乡观音山大松树山门寺北张村汤社筹建，1997年农历六月初一立碑记之。现在的弥勒殿和山门寺应该是那时重建的。

弥勒台东望九鼎万华山，南接舍身崖，西连天然隐形石佛台，北依山门巨松岱顶诸寺。俯视台东山下，公路如丝，沣水蜿蜒，农舍田园参差，林木葱郁。

从弥勒台向北下坡，有一通2007年10月立的石碑，记录了长安北张村大善居士邹信善等村民捐修山门汤院的善举，落款为长安北张佛教协会、观音山北张村汤社。正是有这样的民间力量，才使观音山庙宇累世不倒，香火永续。

▲ 弥勒台红叶

奇峰争秀，白云望合

由此向前，是一个小小的平坝，依山而建的高高的山门寺就在眼前，寺前的两棵古树高大挺拔。两棵古树均为油松，树龄一千四百年，一棵枝繁叶茂，而另一棵已经枯死——粗壮的树干和树枝干枯，主干斑痕累累，并用两根木桩支撑。高高的台阶另一侧长出一棵少年的油松，翠绿得生机勃勃。拾级而上，穿过山门寺，一方小小的院落，有三间房舍，正上方依山建有观音殿。这是长安北张村的汤房。这里守庙人照明用太阳能，喝的是下雨储存起来的窖水——窖水虽是雨水，但古时称为"无根水"，算是烹茶的好水了。

事实上，东观音山有相当一部分村庙，是由周边村庄村民捐资、独立修建管理的庙宇汤房，这些汤房平时由村民或愿意住山的人看管，过会时接待村里的信众。通常，一般的寺院受宗教局管理，住寺僧人要在派出所登记，而住山看庙者就相对自由，能自主选择汤房、汤院。

三年前，山门寺住着一位东北口音的中年妇女，她收养了一条病狗，几十只野猫。她说，住在山上是因为空气好——她的慢性病住在山上就好了，一下山就发作——顺便看护这些房子。这次没见到她，据山友说她还住在这里，可能临时下山去了。而另一些山友说有个"光头老孙"住在这里，也有的说老孙住在南雅寺。想起一路上，好几棵大树上挂着"老孙宣"的牌子——垃圾随手乱扔，因果何时结清——可以肯定，老孙就在山上，只不过在这座或那座庙里。生活和修行挂钩，就是老孙的主张和智慧。

山门寺两侧为悬崖峭壁，向下探望，心惊胆战。从其旁侧小门绕到后面，一条小路斜斜地通向北边的观音正殿、送子宝殿——三年前，我们拜谒了这两座古老的宝殿供奉的观音老母、观音菩萨，看到观音正殿前那口明万历年间铸造的老钟。据说这里是观音菩萨母亲的道场，也是老母殿的由来。不过这里的寺庙大多是明万历年间重新修建过的，如今，两个大殿分属两个村庄看护。这次，我们没有去后寺，而是沿正后方一排狭窄陡立的布满苔藓的石阶，经过风铃亭，直上海拔 2166 米的观音山岱顶。

与上次一样，位于岱顶的"正顶中佛寺"锁着门。门前那棵两百年树龄的油松依然挺拔。"前看山秦岭千峰竞秀，后坐城古都万家灯火"——正顶中佛寺的门联，形象地诠释了这座佛寺会当凌绝顶的气势。"浮图乃善幻，凌虚驾佛屋。行人愿利涉，望拜各致祝。人生贵无事，安能虑存覆。我欲升其巅，凭高快心目。"明代张羽的《纪行十首·观音山》，是对南方观音山的行记观感，却与秦岭的这座观音山和我们此刻的心境同样契合。

观音山岱顶，隔沣峪东望九鼎万华山，南对光秃山，西临祥峪，北瞰九龙潭，四周奇峰峻岭，河峪纵横，庙宇环绕。此时阴云渐开，白云升腾。"四面青山青似洗，白云不断山中起。过眼韶华浑有几。"——元代顾阿瑛的妙句应和了此情此景。

秦岭之秋

▲ 观音山远眺

三十年前，比尔·波特先生寻访观音山时，就对眼前的奇峰峻岭和流云松海着迷，他在《空谷幽兰》里写道："由山峰、青松和白云所构成的全景，每几秒钟就会变化一次。我抽掉了一整根雪茄，就坐在那里看着，听着我心爱的曲子——《松间的风声》。"

我们下到山门寺休息，两棵千年老松的顶枝从山门寺顶梁伸出，枯死的那棵油松上有硕大的鸟窝。生和死和谐又对峙。"老苍龙，避乖高卧此山中。岁寒心不肯为梁栋，翠蜿蜒俯仰相从。秦皇旧日封，靖节何年种？丁固当时梦，半溪明月，一枕清风。"元代徐再思的散曲《殿前欢·观音山眠松》，似乎说的就是此情此景。有人猜测，这曲散曲中的观音山，疑指南京观音门外的观音山。那又如何？重要的是，它契合这座秦岭山脉中的观音山和眼前的这两棵千年古松，它们同样饱受沧桑，以风月为伴，隐逸高洁。

在观音山，除了这两棵千年古松，守在南雅寺、岱顶中佛寺和观音寺正殿前的三棵古松，已被列为陕西省西安市两级政府保护的古树木，它们是树木中的"活化石"。

古木遮天，隐者何在

从山门寺南侧小路下山，几乎是垂直的高低交错的潮湿台阶，我们小心翼翼，全神贯注，竟然错过了铁庙和仙人桥，仅十几分钟，到达西净池。一位身穿僧服的比丘和一位附近的村民，正蹲在院畔，合力"加工"可以把玩和作为装饰的野生核桃——一个用电钻钻眼，一个蘸着水在一块砖上打磨。比丘热情招呼我们喝水，没有停下手中的活。

西净池隐在岱顶之下郁郁葱葱的林坡，是个天然清净的理想修行处。院畔有低矮简陋的寮房和厨房,碧绿的菜园长着小青菜和白萝卜,小小院落打理得干净整洁。一双黄色僧鞋晾在院畔。

我坐下来和他们聊天。比丘名提觉,他说自己几乎住过终南山所有的寺院。因西净池钝化没人住,今年他和主家提出住到这里守寺。问起之前的住持和驻寺僧人,提觉说他并不知道。

三十三年前,美国人比尔·波特先生和我们走过同样的线路,也来到这里。他两次上观音山寻访隐士——第一次在水帘洞遇到圆照法师,六个月后,第二次登观音山,经南雅寺,到达西净池。只是当时圆照法师并不在这里。但在山坡下的鹤场法华寺,他终于达成心愿,与圆照法师进行了一场有关修行的灵魂对话。

告别提觉比丘,离开西净池,我们继续沿着山路往下走。

继续下行,不时有巨石隐在茂密的林间丛中,有趣的是,一棵高大粗壮的漆树,紧靠着一巨石,僵硬的巨石居然把树干包了起来。

由于是阴天，树大林深，光线很暗，脚下有密密麻麻的橡子，稍不留神就是一个趔趄。一路不见飞鸟走兽，远近却鸟鸣悦耳，不时被我们惊起的鸟儿，翅膀扑棱棱响。想起了比尔·波特途经此地的描述不由会心一笑——"在一个地方，我们惊起了一只像狗一样大的兔子。山坡上铺满了去年秋天的落叶，那只兔子从山坡上跳蹿而下的声音把我们也吓了一跳——其程度跟我们吓着它的程度差不多。"

我们路过金蝉寺，见破败的寺庙没有人，似乎下一场大雨就会把土坯寺庙冲垮。再往前，路过一棵高大粗壮的大树下的一间茅棚，石墙红瓦的茅棚，已经没有门窗，被荒草包围。几分钟后，我们到了一条深谷的谷底，有溪流而下，周围更加湿润，一簇簇树干和石头被绿色苔藓包围。从对面的山坡爬上去，行几分钟，过一小桥，到了龙王寺。它是明朝的一座老比丘尼道场。

法师精神，光耀千秋

观音山西边的这条山沟有法华寺、感悟寺、万峰寺、青岗岭四个寺庙。古刹法华寺，始建于隋朝，兴于唐，盛于明。法华寺屡屡毁于战乱，但又被虔诚的信徒重建，现存的法华寺就是1991年重建的。内有圆照法师舍利塔，藏经楼，以及隋唐时期遗留的石刻，是历代文人学士、善男信女朝圣之地。圆照法师当年就在这里修行并圆寂。法师圆寂之后，由其关门弟子宏开师傅接任主持。现任住持才勤尼师。

1989年，比尔·波特第二次上观音山访圆照法师，《空谷幽兰》记叙了当时的情景——

"龙王寺的一位尼师告诉我们，圆照住在一个小平台上的一座小土房里。那个小平台是开出来给观音寺将来建大殿用的。我们跟着那位尼师，爬上了去圆照法师住处的山坡。她正盘腿坐在炕上。炕是一种土床，里面安着炉子，在整个中国北方都很常见。

"我进去的时候，她说："你回来了。好。现在我们可以聊聊了。上一次我还不敢肯定。现在我知道你是为法而来的了。"我很高兴我做了再次拜访她的努力。她已经88岁了，但是在曾经跟我谈过话的人中，几乎没有人像她这样机敏。"

比尔·波特和圆照法师就修行进行了对话，之后法师写下佛教修行的本质——"慈、悲、喜、舍"四个字，寄给比尔·波特。"她的书法清晰有力，就像她的心一样。"

2014年，71岁的比尔·波特先生在二十五年后重访终南山，在法华寺，他见到了法师的弟子乘波法师，在盛开着苹果花儿的树下，他们共同回忆往事，一起到圆照法师灵塔前进香。他感慨地说，"山还在，修行人还在，修行的人比以前多了，有了新的茅棚。"

在龙王庙休息片刻，我们决定与另一队山友，从喂子坪下山。从万峰寺下向北走马道，在树林七转八拐，行两个多小时，天黑前至喂子坪出山。

> **登山简历**
>
> 2022年9月24日，五人小队从东观音山至喂子坪U型穿越。
>
> 驾车路线：西沣路—沣峪口—G210国道入峪14公里处，原返。
>
> 徒步路线：G210国道入峪14公里处—东观音山口—观坪寺村—东方茅棚—莲花洞—三圣寺—东净池—水帘洞—南雅寺—孤魂台—弥勒台—山门寺—正顶中佛寺（岱顶）—山门寺—西净池—法华寺—喂子坪。
>
> 徒步时间：9:30—18:30，共计约9小时，中途休息2小时，徒步约7小时。
>
> 海拔：黄土梁（G201国道）海拔1050米，东观音山海拔2166米，高程约1100米。

翠华山,同样的秋色不一样的气质

　　翠华山是秦岭千山万壑中的一座小山,位居秦岭诸多高峰之外。然而,翠华山是西安人最频繁光顾的景区,尤其秋天——它与秦岭诸峰有同样色彩斑斓的秋色,却有独特的气质和神韵。

　　几乎所有西安人都知道,翠华山有一座天池——这在秦岭山中是独一无二的——所谓天池,乃天作之合。三千年前,山河怒,天地崩。之后,山与水和解,在翠华山的半山腰,山温柔地环抱被驯服了的水,于是天池诞生。从此,一池清水,被三山环抱,静卧山间,如天境,映照翠华山的四季,也给这座山带来了灵性和诗意。

　　四十年前,第一次登翠华山,初春凛冽的风吹皱一池寒水,无遮无拦的天池边,荒草还在冬眠,一些鸟儿掠过深不见底的水面,寂寞地呼叫。后来,翠华山成为景区,天池里有了游船,在寂寞了几千年之后的池水中搅动起凡尘和热闹,它的周围越来越具有景区公园素质,但这肃穆的山中池水毕竟是有山的性格的,它春夏清凉静默,秋冬狂暴严酷,每次

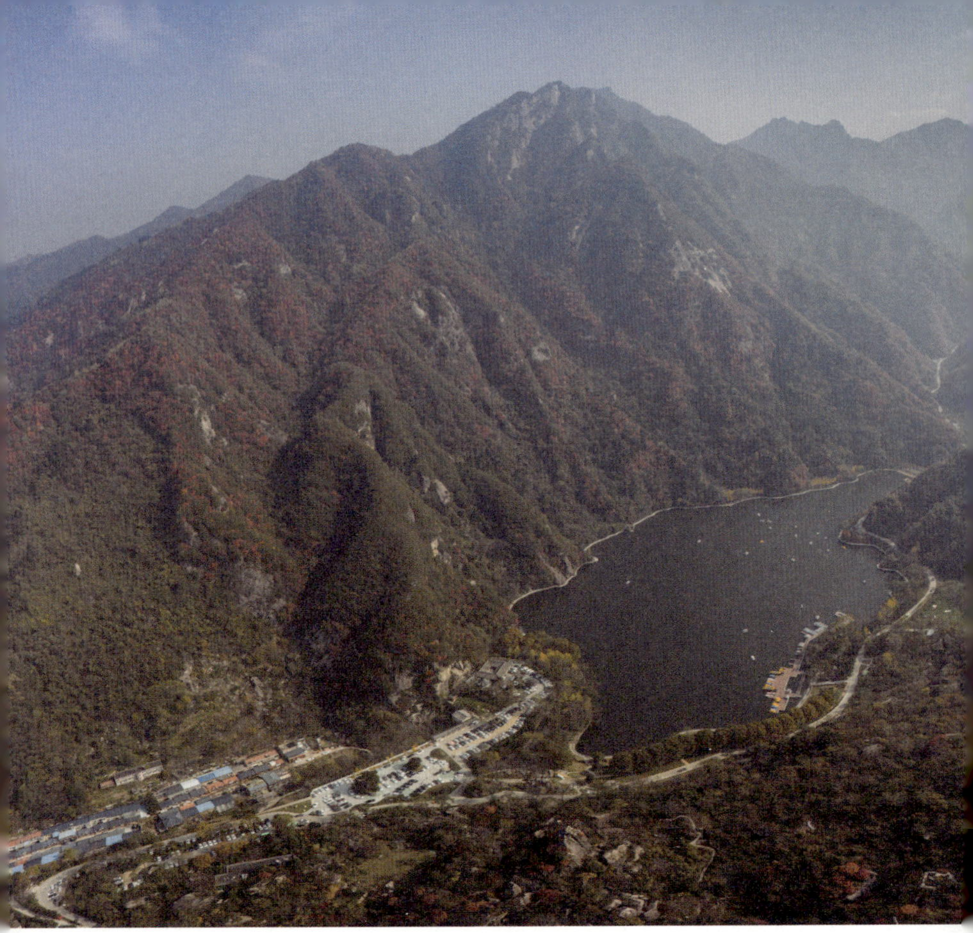

▲ 俯瞰天池

微信扫码

聆听秦岭

灵感秦岭

纪录秦岭

游览名山

秦岭之秋

绕湖行走，禁不住心惊。

两千八百年前，一次地震，山崩地裂。山崩后太乙山山谷两侧形成垂直断裂面，犹如刀削过一样，光滑陡峭，十分险要。天然山石堵截了太乙河上游的山间流水，在坝后一公里处，形成一个面积为五万平方米的天然湖泊——堰塞湖，当地群众称其为"天池""水湫池""翠华湖""太乙池"等。在太乙河上游源头，还有一个堰塞湖——甘湫池。甘湫池位于甘湫峰下，由于水源不足，池水严重渗透，现已成干涸之湖，故名甘湫池。随着历年的开发，天池可划船、垂钓等。此湖有"秦岭明珠"之称，为秦岭七十二峪唯一一处堰塞湖。一年四季，烟波浩渺，云蒸霞蔚，蔚为壮观。

在天池湖畔有座翠华宫，内供翠华姑娘塑像。民间传说，祖籍陕西泾阳的翠华姑娘为争取自由婚姻，逃奔太乙山，后来成仙而去。传说有"云从玉案峰头起，雨自金华洞中来"，此情景吸引了成千上万的善男信女披星戴月赶上山来，烧香、祈祷。为了纪念这位敢于反抗封建礼教的姑娘，人们将太乙山改称翠华山，又在山中天池湖畔建立翠华宫。传说毕竟非真，但追求爱情的忠贞，暗合了古今少男少女的心意，翠华宫香火不断，翠华山也有了仙气。

然而，在我看来，翠华山最具性格的却是那些静卧山间的巨石。这些千姿百态的巨石，才是这座山的灵魂，才使这座山有了独特的气质。走进山崩区，穿过冰洞、风洞、玉兔醉卧、惊鸿桥等二十多处景点，目之所及，如同进入一座千姿百态的天然巨石博物馆，感叹"中国山崩奇观"果真是名不虚传。最为奇特的是，冰洞即使在盛夏仍坚冰垂凌，风洞则四季寒风飕飕砭人肌骨。冰洞东南有飞流直下的瀑布，蔚为壮观。

千年之前，这里经历的一场山崩地裂，《国语》是这样记载的："幽王二年（前780），西周三川皆震，……是岁也，三川竭，岐山崩。"陕西师范大学专家、教授在对翠华山山崩地质考察研究后推测，此乃翠华山山崩地震诱发形成最早的文字记载，《史记》等也有此记载。其他关中地震对翠华山山崩形成均有不同程度的影响。翠华山山崩总面积5.2平方公里，倒石量达3亿立方米，崩塌体规模居国内第一、世界第三，仅次于塔吉克斯坦USOI山崩和新西兰怀卡里莫阿纳(Waikaremoana)山崩。目前初步开发1.5平方公里，分布在水湫池、甘湫池、大坪三处，主要由残峰断崖、崩塌石海、堰塞湖三大部分组成。

专家认为，翠华山是我国山崩地质作用最为发育奇异的地区之一。山崩地貌类型之全，结构之典型，保存之完整，规模之巨大，旅游价值之高，国内外罕见，故有"中国山崩奇观""地质地貌博物馆"之美称。2001年，翠华山山崩景观被国土资源部批准为国家地质公园，而且是全国第一批建成揭碑的国家地质公园。以翠华山山崩景观地质公园为基础，优化整合整个终南山地质旅游资源，2009年8月23日，联合国教科文组织批准，中国秦岭终南山世界地质公园为第五批世界地质公园。

云归秦岭

那么，翠华山还有山的性格吗？

从山崩区向南，一座奇峰伫立，举目仰望，"太乙神"就在峰顶。紧靠山体，从直立的石阶拾级而上，两旁是茂密的树林。偶一回首，山崩巨石兀立，其上及周围，红叶参差。山石树木相融，别有景致。

"太乙神"和翠华峰绝顶透过树梢，越来越近。行一个多小时，攀上垭口，一座小庙迎面而立——这就是接圣台。

▲ 翠华山山崩景观　　▼ 接圣台

据《西京胜迹图志》载，翠华山自秦汉唐起被辟为皇家的"上林苑""御花园"。汉武帝因"山林川谷丘陵，能出云，为风雨，见怪物，皆曰神"，于公元前112年在此拜谒"太乙神"。这里乃祭天道场遗址，也因汉武帝祭祀"太乙神"之故，此山初名太乙山。这里居高临下，视野开阔，俯瞰天池，一湖碧水，静卧在色彩绚烂的山峦环抱之中，如璀璨明珠。

继续上行，与"太乙神"狭路相逢。"太乙神"面对群山，昂首天外。

有关"太乙神"的传说很多，其中太乙星说有些道理。太乙星乃中国古代星官之一，位于紫微垣。此处为太乙观星，似可以说通。事实上，"太乙神"是由山崩形成的石峰和巨石构成。久远的山崩之后，翠华山形成残峰断崖——玉案峰、甘湫峰、翠华峰及山崩临空面。三峰鼎立，负势竞上，突兀险峻，直冲云霄。"南望终南如翠屏环列，芙蓉万仞直插青冥。"——清代陕西巡抚给乾隆的奏章，正是这一景观的真实写照。

"太乙神"高居翠华峰之巅。此刻，正值正午，白色的花岗岩在彩色的林木簇拥下,分外耀眼。

从"太乙神"旁边上行,小路逼仄,且要经过十米左右的铁索吊桥,胆小恐高的山友,蹲着挪行,一时形成小小的堵点。此处上行几十米,即到达翠华峰的顶峰。

▲ 翠华山绝顶

翠华峰顶峰海拔 1415 米,岱顶为几平方米的斜面,仅容十来人。翠华峰的高度虽不及海拔 1680 米的玉案峰和海拔 2045 米的甘湫峰,但翠华峰最为俊美。"太乙近天都,连山接海隅。白云回望合,青霭入看无。"唐代王维的《终南山》,写尽了这座山的风流,也使翠华山乃至终南山成为千秋名山。

云归秦岭

　　下山，选择了"龙脊"步道。孤峰、残岭、独石、清风、红叶、孤鸦——这是一条山崩景观与自然风景相融的绝美山岭，大秦岭秋之骄子——黄栌，把我们带进它最美的时光。脚踏"龙脊"梁，可望西安全景，沿途观群山环抱，鸟瞰天池风光，领略崎峻之险。

　　从顶峰一个半小时下"龙脊"，即到碧山湖，亦即太乙谷正岔水库。碧山湖被彩色山峦和雾岚包围，湖面闪耀着细碎的银光。下水库大坝即出景区大门，回望，两挂瀑布从碧山湖倾泻而下。

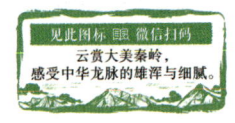

翠华峰红叶 ▶

翠华峰红叶 ▶

孤峰红叶 ▶

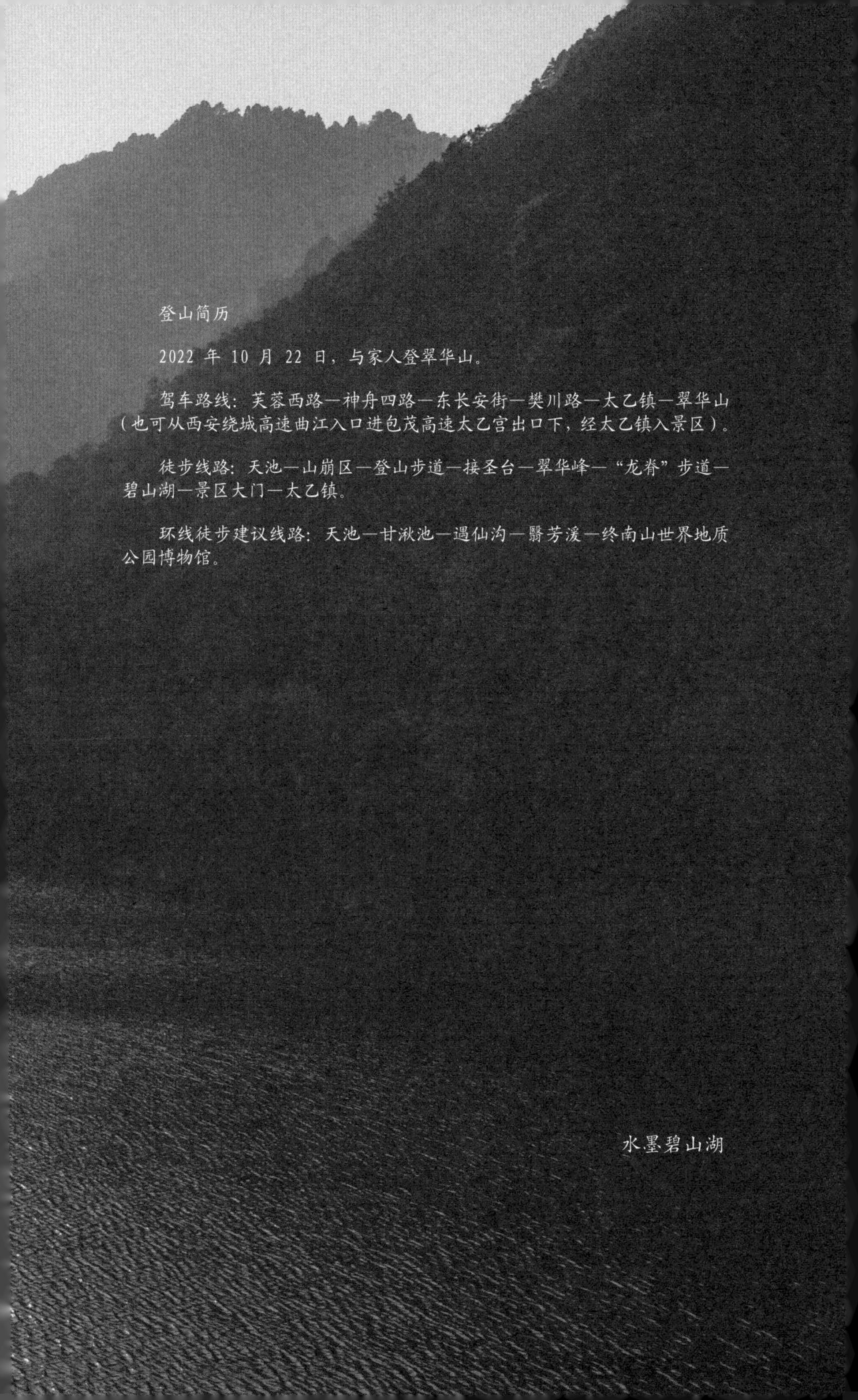

登山简历

2022 年 10 月 22 日，与家人登翠华山。

驾车路线：芙蓉西路—神舟四路—东长安街—樊川路—太乙镇—翠华山（也可从西安绕城高速曲江入口进包茂高速太乙宫出口下，经太乙镇入景区）。

徒步线路：天池—山崩区—登山步道—接圣台—翠华峰—"龙脊"步道—碧山湖—景区大门—太乙镇。

环线徒步建议线路：天池—甘湫池—遇仙沟—翳芳淡—终南山世界地质公园博物馆。

水墨碧山湖

云归秦岭

行入云际仙境，坐看万花红遍

　　至橡山古寺，确信曾到过这座山——寺前两棵高大粗壮的千年老橡树，饱经沧桑，山风吹来，满身金甲，熠熠闪光，带起整个山梁的树木沙沙作响。正是这两棵老橡树唤起我十多年前夏日凉风吹拂的记忆。而之前两三个小时走过的山路竟然没有一点印象，同伴说，上万花山有水路、旱路两条道，反应迟钝的我才豁然。于是，密密的树林，潺潺小溪，飞流直下的瀑布，悬空的木梯栈道，从记忆中纷至沓来——

▲ 橡山寺老橡树前的万花山

毫无疑问，十多年前，我和红树叶儿以及她的好友们是从水路登上万花山的，而今天走的是旱路。

一早从环山路入太平峪，没有疫情检查，一路通畅。至家佛堂，偌大的停车场几乎停满车辆，很多人整装待发。不用说，这是登圭峰的人们。近期，圭峰成为赏红叶的红得发紫的网红打卡地，上山、下山、出山的拥堵，在网上热传。秦岭大部分峪口被封堵，能登的山峪不多，而圭峰恰好适合休闲，又不收费，于是憋坏了的市民和山友挤到一处，让圭峰人气暴涨。我们迅速通过，在通往太平峪景区大桥分岔处直行，进入三桥峪。

从太平峪公路到三桥村一段约三公里，是仅容单车通过的村道。过虹鳟鱼农家乐，转上斜坡即到三桥村。村子依山傍水，错落在山坡上。我们的车停在村口，一个瘦弱的大娘拿着二维码吊牌收费。一辆车停车费10元，这在山里是公价。大娘家十几个停车位，周末两天基本能停满，这样，一个月也有千余元收入。沿坡上行，几户农家，墙壁上都挂着"五味子酒""土蜂蜜"之类的招牌。一位80岁左右的白发老人蹲在路边大石头上，一言不发地看着路过的山友，他身后一位包着头巾的大娘说，她家有五味子酒、土蜂蜜，下山带一些。路旁有两棵树冠很大的山茱萸，结着稠密的红色山茱萸果。问大娘果子熟了为何不摘，她说没人摘。也是，老人眼神不好，手脚不灵便，村里已经没有年轻人了。

出村子刚入山口，迎面一位大婶背了一大袋核桃，挂着一截树枝，靠着石头休息，她要把核桃背出山外榨核桃油。行百十米至蚰蜒岔，这是一个岔口，中间突兀起一道山梁，将山沟分为两半，我们顺着左侧上行。后来才知道，这是旱路和水路的分岔，左行即我们走的路为旱路，右行即水路。

进入山沟，轻雾弥漫，树叶稀疏，草木潮湿，流水淙淙，巨石横卧。不由想起诗佛王维的《阙题二首》之一《山中》："荆溪白石出，天寒红叶稀。山路元无雨，空翠湿人衣。"

沿着溪流山坡盘旋，到老碗沟，远远看见在小溪两边隐在大树后面的两处院落。我们顺道至小溪右侧一家平整的院子，主人老刘热情让座。我们坐在凉棚下喝水，环顾四周，院畔有金色的银杏树，挂满黄色大柿子的柿子树，坡下高大的树木环护，既色彩斑斓，又清净安逸。院旁种着五颜六色的大片菊花，靠山根摆着几排蜂箱，可见主人勤劳而有情趣。

进屋参观，屋内干净整洁，厨房的大案板和大小擀面杖，以及主人结婚时打制的古旧的大立箱令人羡叹。大寺老刘与院主老刘认了一家子，大寺老刘家年年做五味子酒，但没做过山茱萸酒，热情的主家立马进屋从大坛子里舀出一大杯正在发酵的山茱萸酒，让大寺老刘品尝。见如此惬意的环境，就有同伴计划夏天来这里扎帐。

坡下立的牌子显示，老碗沟小组有11户48人，老刘说，老碗沟现住4户不到10人了。解放前，这里的老户只有三家刘姓人家，后来收留了几户外地来逃荒的，前面就有一户来自山阳。山里地少，如今青壮年和小孩都外出了，留下的主要是老人，靠做农家乐和卖土特产为生。老刘68岁，主要做山茱萸酒、五味子酒、猕猴桃酒，卖核桃、油葵和土蜂蜜，他的土产大都卖给山友。

告别老刘，穿过一片小竹林，在几棵槭树上，居然发现几挂很大的野生猕猴桃缠绕在树梢，上树能手小贾跃跃欲试，决定下山再摘。继续上行，至一家农家院，屋前屋后，景色迷人，东边是雾色朦胧的山峦，西边有活色生香挂满金色柿子的柿子树，屋前坡下蔬菜翠绿。最绝的是，西坡一棵光秃秃的树上，高挂着一个巨大的野蜂巢，那蜂巢外壳像人工抹了泥，形状像一个巨型手雷，也像褪了色的灯笼。一拨拨山友拍了后院拍前院，热热闹闹。院主人是一位大爷，自顾自忙活。最上面一家的主人是个中年人，出售自产的核桃油——自家核桃树上结的核桃，打下来剥成核桃仁，背到山外榨成核桃油。核桃油卖 50 元一斤。山里的一斤干核桃一般可以剥三两到三两半核桃仁，我问一斤核桃仁能榨多少核桃油？主人家说是四两。算一下，榨一斤核桃油约需要八斤核桃，加上加工费和人工成本，核桃油这个价格也不贵。

离开最后一户农家，就脱离了小溪。沿着山坡蜿蜒，浓密的树林中，大部分树叶已经凋零，潮湿的路面铺着褐色的叶子，有些打滑。在一处石崖下抬头，日光穿过前方树林和迷雾，斜斜地投射在铺满红叶的山坡和小路上，如梦如幻。走进梦幻般的景色里，仿佛走进另一个世界。

越往上，小路越泥泞，几个更加陡立的"之"字形拐弯后，抬头在树梢间看到了蓝天白云，心情一下子豁然开朗。不一会儿到达一块平整的草地。草坪岗到了，全体卸下背包休息。

阳光已经洒满这片草坪，山友们或靠着树干或坐在地上享受着秦岭的恩赐。这里有一棵枝干平伸、树叶全无的大树——如果不是满地掉落的山楂果，很难相信这是棵山楂树。在秦岭和外地所见的山楂树都不高，且树冠比较集中。而这棵山楂树，树干粗短，树冠却很大，有六七根粗壮的枝干，又分出不少枝丫。最下方的四根树枝，几乎是平伸出去。猴性十足的小贾，就把背包挂在树枝上，在树上攀上爬下，引得过往山友羡叹。

从草坪岗越过山腰，路过一棵华丽的槭树——它的叶子一半浅褐一半明黄，旁边是一棵满身赤裸的笔直的青灰白杨，树下居然是这个季节、这等海拔少有的绿草。越过它们，上一道斜坡到达一个小小的垭口。

这里是旱路和水路的会合处，此时有两个山友从水路上来，而仍没有让我想起往日。

从垭口向上，几棵粗大的毛栗子树，斜斜地长在路边，斑驳的阳光洒在树干和缠绕在它们身上的绿叶藤上，也洒在脚下铺满深褐色叶子的小路上，显得扑朔迷离。几个转弯后，仰面，一棵冠如华盖的巨大的古松，伫立在天地间，让人震撼得回不过神来。走在古松下，拜了它脚下的小小土地庙，转身上到这棵1400年高龄的古松旁，一座古寺就在它身后。

▲ 几棵粗大的毛栗子树斜斜地长在路边

橡山寺在橡山顶一块小小平地上，三面悬崖。寺庙西北有块巨石，站在巨石上，见西北方向的圭峰云雾缭绕，向脚下宽而深的沟壑望去，黄褐色林海在云雾中忽隐忽现。返回寺前，拜过橡山寺供奉的菩萨，穿过寺庙中间的石垒门洞，见一位年轻的尼师站在寺庙的后门，和几位山友说话。尼师叫智正，河南灵宝人，性格开朗，快人快语，不同于一般修行人。她说自己来橡山寺修行已经六年了，曾在外企工作，之所以出家，是为离世的母亲超度。智正尼师说，橡山寺建寺有上千年了，因面前有两棵橡树得名，而这两棵橡树树龄都在千年以上。据资料记载，橡山寺创建于北周时期，由僧侣李娥建造。"李娥筑三室草屋，隐居于此山中，崇佛静修。"寺东悬崖边巨石上有一只硕大的石脚印，传说就是李娥的足迹。尼师说，现存的这个寺庙是李自成当年隐秘建造的，如今的建筑，一部分是李自成当年所建，一部分是20世纪70年代以后建成的。这么说，橡山寺初建的建筑已不复存，现存石箍的券洞式建筑应有近四百年历史。尼师说当地政府对橡山寺和云际寺保护很重视，曾有多位地方领导上山护法。

智正尼师对这座山有自己的观察和解读。她说，这座山不是普通的山，是有神灵护法的，整座山就是一条龙（的形状），橡山寺是龙首，寺后两棵千年橡树是龙的犄角，南面的山脊至云际寺是龙脊，西南的王屋咀朝阳洞是龙尾。对面山腰有观音菩萨的天生石造像，寺前的那棵古松就是观音菩萨的拂尘。而西南群山围绕，形成莲心、莲瓣。所想即所见，念佛修行的人眼里皆神仙菩萨。我等俗人，但经尼师这么一点拨，再看，山似游龙，蜿蜒在高处；对面被自然分化的巨石，如白衣观音，颔首北望；旁边群山之间云起云落，仙气缥缈，如莲花绽放，一时竟看得入神。宋朝无门慧开禅师有诗："佛在灵山莫远求，灵山只在汝心头。人人有个灵山塔，好向灵山塔下修。"修行人的心头，都有一个自己的灵山塔，眼前这座万花山就是智正尼师的灵山塔。

▲ 橡山寺红叶云海

橡山寺下挂着一个牌子显示，从这里到云际寺一公里。从橡山寺弯下去再向上，爬上两面悬空的窄窄的"龙脊岭"，崎岖的羊肠小道和危崖边，有飒飒吹动的焦黄秋叶，危险伴着浪漫，不一会儿就到了"仙人路"。

仙人路几近垂直，两边挂着铁索。几处固定铁索的楔子，经年吃劲，已拔出悬在铁链上。这样拽着铁链攀爬，身体就会摇摆。我们收起手杖，努力将身体贴近石梯，拽紧铁链攀上去。据说"仙人路"有160个台阶，130米长，铸铁柱40根，铁索40丈，是明朝高谦所修。因地势险要，顾不得细瞧，唯见石柱边立有一铁铸"观音菩萨"碑，明朝天启五年（1625）所铸，碑文记载了当时重修仙人路和云际寺的情况。再回望，千米之外，在突起的山头悬崖边，白石磊磊的橡山寺，被金色的树林和远处黛色山峦包围，显得耀眼而渺小。紫阁峰半山腰，滚滚云海，将山峪的脉络镶嵌得"犬牙交错"。由于地势狭窄，不敢逗留。继续向上，来到小小的送子观音庙，同行的杨玲老师站在寺前坍塌的半截墙边，面向悬崖云海，背诵《滕王阁序》，过往山友噤声聆听，无不感佩。

从寺旁一棵松树和庙墙间用树干搭成的悬空栈道通过，见通往万花山顶峰的不足十米的平缓小坡上，坐满了休息和午餐的山友。到达山顶，迎面一座石头垒成的小房子里，扣着一座古旧的大钟，刹那间，想起十多年前蹲在这尊大钟前留影的情景。

万花山岱顶，已经不是那个凹凸不平的土台，而是一块平整的不规则水泥平台，四周还用石头垒了矮墙。此处原建有五间转角楼，现仅剩一尊铁钟，重一千五百余斤，大明天启三年（1623）铸造。上有"国泰民安　皇帝万岁"字样，还有捐资人名等。

万花山岱顶是新罗王子台遗址。唐高宗总章元年（668），新罗国（朝鲜国）国王之孙隐居此山寺，从事佛事达八年之久，此台故名"新罗王子台"。武周时期，新罗王子受重用，活跃于长安佛教舞台。

之前，这里与另一位新罗国高僧有过密切关系。史载，贞观年间，新罗国王族出身的高僧慈藏，率弟子僧十余人辞国入唐，得太宗知遇，于贞观十三年（639），在终南山云际寺坐禅三载有余。慈藏曾在寺之东崖架屋而居，既修道，也为远近僧俗受戒。《中华佛教百科全书》记载，慈藏大师留唐前，"时王室缺乏台辅，公卿贵族一致举师上任，师屡受征召均不应命，且谓：'吾宁持戒一日而死，不愿一生破戒而生。'"至此，名声顿扬。慈藏大师终其一生，创寺建塔十余座，其中韩国梁山通度寺、荣州浮石寺被列入世界文化遗产。著作有《四分律羯磨私记》一卷、《十通律木叉记》

一卷、《出观行法》等十余卷。

盛唐时新罗王子台高僧云集,文人墨客接踵而至。唐高宗李治及武则天曾驾幸于此山寺,赏游参佛。

早到的两个驴队,已经占领了大半个平台,拉开架势做饭聚餐。在平台南面下方,一排陡直的石台阶下,著名的云际寺残存建筑错落有致的屋顶,成为远近山峦的前景,自然景色与人文景观交融,成为万花山最有辨识度的美景。万花山共有九峰,呈花状,和橡山、草坪岗并称"凌霄三峰"。最高海拔 1917 米。环望四周,东列紫阁奇峰突起,南来青云飞渡王屋山顶,西照斜阳笼罩冰晶顶,北伫圭峰如大肚弥勒遗世独尊——万花山云际寺的风水地势真是太好了。

高居万花山山巅的云际寺,是佛教寺院。据明修《户县志》记载,云际古刹始建于魏武之时,初名"居贤捧日寺"。北周武帝废佛,寺宇被毁。隋仁寿元年 (601),重新建寺,仍沿用旧名。至唐代,随山改名"云际寺",寺院达于鼎盛,中外名僧多有住寺修道弘法者。除了高僧慈藏,玄奘的著名弟子圆测也在此驻锡过。明代,寺院香火仍盛。清光绪壬辰年《户县典籍》载:大明天启五年云际寺得以重新修建,

云归秦岭

▲ 万花山远眺

高谦等人集资修补石路，铸铁钟，建庙宇七处二十四间，文人墨客观其山寺，雄险奇秀，野花万种，故名"万花山"。

1949年后，峰顶自北而南的建筑物有：送子菩萨殿、三间地藏王菩萨殿、顶部最高处的五间转角楼，由东向西之风月楼(两层)、南北二厢房、西主殿组成的四合院。转角楼内有"暖阁"，为户县建筑"三绝"之一，内供文殊、普

贤、观音、弥勒、地藏五大菩萨像。今转角楼并地藏殿已不复存，唯正顶残垣处悬挂明铸铁钟；送子菩萨殿供观音塑像；用花岗岩石条构筑两层风月楼，八卦石条盘顶，楼门外额刻"风月楼"三字，左右有两楹联："北瞻帝阙三千里，南望圣塘百二区"。此楼或为唐代建筑之遗存。今四合院关闭，建筑及所供神像不明，院内有住山人。

下山返至橡山寺，两棵古树前坐满山友。山友一边休息，一边赏景。不同于顶峰，此时大雾散去，对面山腰的景色更加明丽，西面群山之间，云聚云散，仙气缥缈。智正尼师和山友们谈笑风生。

坐在寺前，面对云海，王维的诗亲切入耳——"行到水穷处，坐看云起时。"王维的诗禅趣盎然，据说很多禅宗的大师们，在上堂开示的时候，都喜欢引用这两句诗。我想，禅宗大师们引用这两句诗，除了其景物描写精妙，更看重其中蕴含的禅意。

返至山下，已近黄昏，小贾猴子一样爬上高树，摘下野生猕猴桃，让下山的其他山友羡叹不已。

登山简历

2022年11月19日，五位山友登秦岭太平峪万花山。

驾车路线： 西太快速干道—环山路—太平峪—家佛堂—三桥峪—三桥村。

徒步线路： 三桥村—三桥峪—蚰蜒岔—老碗沟—草坪岗—水路、旱路岔口—橡山古寺—万花山山顶（云际寺）、原返。

路程： 徒步约12公里。

海拔： 海拔区间800～1917米。高程超过1100米。

秦岭之秋

深秋抱龙峪穿越天子峪

抱龙峪穿越天子峪，本为休闲线路，但今天再次走成强线硬路。事实再次证明，秦岭任何小峪的穿越都不可小觑。

天气预报西安今日多云，但从长安大道一路南行，见南山隐在大雾中，料定今日只能雾中行了。果然，从抱石村进入抱龙峪，浓雾来袭，两辆车停在航天基地附近，六人开始徒步。

抱龙峪在长安区子午街办境内，距西安市三十余公里，离环山旅游公路约两公里。东接天子峪，西通子午峪。抱龙河从峪口溯源而上约十公里，到抱龙峪垭口。抱龙峪林木森森，流水淙淙，因有公路可达，西安人来此，春踏青，夏避暑，秋观红叶，冬赏雪。而抱龙峪最著名也最吸引人的是十余丈高的瀑布——夏日飞流而下，水花四溅，如撒珍珠；冬日瀑布变身巨型冰柱，晶莹剔透。

抱龙峪原名豹林谷，天子峪原名梗梓谷，宋《长安志》记载："梗梓谷水出南山，北流合润国渠，又西北豹林谷水入焉。"梗梓是古代上等木材，用于刻印文书档案。《陕西金石志》和清《长安县志》等记载，从唐开元年间这里就叫梗梓谷，后来用了谐音叫天子峪。也有民间传说，唐李治出生于天子峪，从抱龙峪抱出，两峪因此得名。

位于抱龙峪内的抱龙峪村古称终傲山，又称东蒙峰，具有悠久的历史。现有四个村民小组中两个始建于唐朝，另外两个建于明代。盛唐时期是佛教圣地，建有南寺、东寺、西寺、北寺，分别为现在的盘龙寺、东庵、西寺、蒿平寺。据传，李世民登基后，在抱龙峪东蒙峰建避暑山庄，即现在的唐王寨。也有说唐王寨为李世民的练兵场。

踩着潮湿的路面，迎面是潮湿而色彩斑斓的草木树林和隐在雾中的农家院落，听潺潺流水，嗅吸着清冽潮湿的空气，一行六人很是兴奋。

抱龙峪变了。脚下这条车道已经由坑坑洼洼的水泥石子路，变成平坦的水泥路，路边农家院落大多整修过，有的变成民宿或民宿加咖啡馆，河对面还新修了一院房屋，围墙高高地圈起。

十多年间，多次徒步抱龙峪。更有在抱龙峪夜宿的经历——学妹春燕在一岔沟租下农舍，整修一新后，她种菜养花，忙里偷闲，过起了神仙一般的日子。夏日，邀我和红树叶儿前往，我们一起拔草、锄地、浇水，在大核桃树下乘凉，夜晚坐在院中品茗闲话，偷得一日，享受山风明月。最近一次进抱龙峪，是四年前，在积雪斑斑的冬日，与家人带几个月大的小柚子，进山呼吸新鲜空气，在路旁一家农家享受了美味农家饭菜，临了，买了养在山坡上的土鸡。

有关抱龙峪的回忆是亲切温暖的。这时，对面的景色吸引了我的注意力——一棵树形特别的柿子树，片叶不留，漆黑的树枝上长满橘黄的大柿子，雾中绿色和褐色的陪衬，如梵高笔下的油画。脑海中却闪出十年前的它的另一种形象——白雪皑皑中，它黑褐色的枝干在纷纷的雪花中特立独处，如一帧水墨画。

离开水泥路，十几分钟到达神龙瀑布。往日，远观，一道水幕急泻直下，"疑是银河落九天"；近看，水声浩荡，银珠四溅。今天，浓雾融合了瀑布的色彩，只有近处才感觉到悬水溅珠。瀑布下石岩中一字排开的太清殿、玉皇殿、龙

▲ 抱龙峪金黄的柿子

王殿似乎整修不久。对面的燕光洞静悄悄的，无人驻守。

从神龙瀑布旁上山，景色更加绚烂。苍黑的巨石为背景，夕阳红的黄栌叶子随风翩翩起舞，一些绛红的植物在路边抖擞精神，不甘做配角。上至平缓处，有溪水清流，两旁的树木颜色参差绚烂，青绿、鹅黄、酒红、绛紫、铁灰……一棵树下，就是一片色彩。上天在这里打翻了五色瓶。

我们在高大的树林间的一块平地休息，谈笑风生，享受休闲的快意，却不知半小时后要经历的艰险。

▲ 黄栌起舞

　　根据轨迹，跨过小溪，沿东边山坡向东南。由于空气潮湿而洁净，这里很多树干长着鲜绿的苔藓。而最惊奇的是，辨识度很高的鬼箭羽，在这里生长得很密集。这时候，它们已经变得分外娇艳，它的叶片变成浅红色，长着鲜艳的酒红色小果，黑褐色片状带刺的枝条个性十足。也许这里潮湿而洁净的环境适合它们的生长。

　　沿着溪水缓行约半小时，突遇一处断崖。驴头听风决定回返一段，根据另一条轨迹上山——艰难的登山开始了。

云归秦岭

▲ 随处可见的鬼箭羽变得色彩华丽

秦岭之秋

  整面山坡大多是野生毛栗子树——厚厚的毛栗子树叶，覆盖了密集的小小的毛栗子，也覆盖了陡立的小路——如果有路的话。沿着山洪冲击得凹进去的渠道手脚并用，潮湿的树叶和沙土在脚下打滑，时有横七竖八的枝条树干阻挡。但是再艰难也阻挡不了四位女士对小小毛栗子的钟爱，在俯身一瞬，忙里偷闲，捡拾一两颗，到垭口就是一口袋。它太招人喜爱了，棕红透亮，生吃也是满口清甜。

  从陡坡上至一道山梁垭口，本以为到唐王寨附近，却发现东西方向是断崖，只能向南下坡，而后绕行至另一个垭口，再向东南。到了吗？驴头不停步，一边看着轨迹，一边探路。午饭时间到了，驴头没有停下来的意思，浓雾加上稠密的树林，根本看不清路线，唯有跟着轨迹走。

  刚刚从垭口爬上陡立的石峰，却又要下行，没多久又拉升。就这样，沿着山脊，在起起伏伏的山头翻越。

  危险和不确定性让驴队不敢停步，但这条山脊的景色太美了。红色的黄栌气场全开，隐约在浓雾里，仙境一般。在一个垭口，一棵硕大的黄栌吸引我停下脚步——粗壮的树干约两米高，树冠有近十米，橘红的树叶在风中潇潇洒洒，树下铺了一层红色的叶子。这是平生见到的最大的一棵黄栌，灌木的黄栌长成树状，都成精了。

▲ 长成大树的黄栌

这时，近处山头雾开云出，蓝天白云透进树梢。

小路已经清晰，遂就地午餐。这时已到下午三点。如在放出无人机，穿过浓雾，看到令人震撼的云海。

离唐王寨不远了，再次向东南下行，到达"交通要道"——向西下坡至抱龙峪；向北上坡约六百米至唐王寨，沿着天子峪西岭穿越至抱龙峪或天子峪；向东下坡至天子峪至相寺。

这时，两个从抱龙峪上来到唐王寨返回的小伙，准备下穿天子峪，向他们打听到天子峪西岭道路泥泞陡峭，十分难行。此时已到下午四点半，山里光线暗下来了，如果到唐王寨走西岭至天子峪，天黑以前肯定出不了山。驴队决定与两个小伙儿一同从东坡下山。虽然与唐王寨失之交臂，但"安全第一"是登山的铁律。

▲ 无人机拍到震撼的云海

"唐王寨"位于天子峪和抱龙峪之间的东蒙峰梁上，有下棋台、古庙、石墙等遗址。其实，从抱龙峪大核桃树中间向南的左侧有一山路可登至海拔约 1300 米的唐王寨，从唐王寨侧后下山到石门子，回到抱龙峪，或向东经黑沟穿越到天子峪至相寺。

至相寺在天子峪内，于隋文帝开皇初年，由彤渊法师始建，是我国佛教华严宗的发祥地之一。寺内有遗碑铭曰"终南正脉，结在其中"。至相寺在隋唐时期极盛，高僧辈出。唐太宗李世民曾多次临寺敬香，寺庙距山顶太宗避暑行宫唐王寨四公里。至相寺比峪口的百塔寺晚了三百年，但距今也有一千四百年历史了。寺内与寺同岁的古槐、银杏，树干粗大，苍劲挺拔，枝繁叶茂。由于至相寺可开车到达，已多次游览。

从垭口下山，小路湿滑，加上树林阴暗，几乎所有人都摔了跤，好在有厚厚的树叶，但没戴手套的同伴，摔跤之后本能地用手抓草木，让浑身带着毛刺的植物扎满了双手。不幸的是，已经到达天子峪平缓路段，一个队员因双脚冰爪勾到一起，摔了一跤，在石头上磕破了脸。

路过隐居在山里的一家人，至水泥路上，三位女士陪着受伤的同伴在此等待。听风和如在与两个山友徒步出山，至九公里处的天子峪外，山友开车把两人拉到抱龙峪停车处，听风开车上山接应。在小雨中等了三小时，瑟瑟发抖的四个人坐上车，在浓雾中，沿着狭窄的小路小心翼翼出山。过至相寺，继续下行五公里，到达环山路，已是晚上九点多。我们把受伤的同伴送到医院，所幸没有大碍。

抱龙峪穿越天子峪，惊艳而惊险的一次穿越。

登山简历

2022年10月29日，六位队友从抱龙峪穿越天子峪。

驾车路线：芙蓉西路—神舟四路—长安大道—子午镇—抱石村—抱龙峪。

回返路线：天子峪—至相寺—环山路—长安大道—神舟四路—南二环。

徒步路线：抱龙峪航天基地—抱龙峪神龙瀑布—后沟—左转陡坡—垭口—西岭山脊—唐王寨西垭口—村庄水泥路，U型穿越。

海拔：最高海拔1580米，高程700米。

冬日寒酥梦

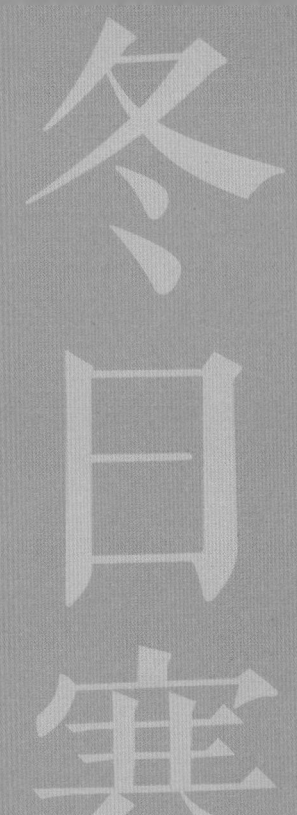

云/归/秦/岭

YUN GUI QIN LING

秦岭之冬

秦岭之冬

2007年秦岭的第一场雪

2007年的第一场雪，就这样不期而遇。比料想的要来得早一些。

在秦岭的某个山腰至山脊。是什么时候，细雨转成了雪花？我没留意，也许是听静洁说话太投入，也许是上下的人多嘈杂。总之，当看到路旁草丛覆上薄絮般的雪，一时竟陷入迷茫，恍惚。雪吗？

是的，真的是雪。两年不曾亲近的雪。去年，她就是不肯光顾我生活的这座近在秦岭边缘的城市，让一座城和七百万市民在干涸与期盼的轮回中煎熬。

我有预感，今年，她不会那么吝啬。但没有料到会在我毫无防备的时候翩然而至！于是，什么都不重要了，重要的是雪。

在接近净业寺之前，空中看不见雪，路上也没有雪，只在草丛里有雪。雪，似乎是脑海中的一种意识，她切实地存在着，而我看不见，必须借助远处的树和近处的草，神秘而神奇。那两簇学生，那一队穿蓝色制服的职员，那几拨装备专业的山友，从身旁上去了，又下来。那些青春的、亢奋的、平和的、蹒跚的脚步，将脚下的石阶撩拨得温热，那些雪，就在和其激情相拥的瞬间被激荡的热情融化。

▲净业寺甘露井

净业寺比料想的要清静。那些人，那些热情似火的学生，像突然消失了一样。三五个游人在这座不大的寺院里拍照，料理佛事。雪，比山腰里大了些，看起来是纷纷的样子，和缭绕的香火缠绕。那些已经很有了些质感的积雪，将黑褐色的建筑和寺院里同样是黑褐色的树的枝头覆盖起来，好似一幅宁静而忧伤的水粉画。

此时，老牛已经不在寺院，奔寺院后山去了，只留下小薛等候我们。今天，老牛一直在我们的队伍里打前锋。说实话，这种角色应该是我。但今天不是，是老牛。我一直和艰难的静洁殿后。对她来说，这已经很不容易了。

随后的行程，他们三人都让我大为刮目。除了严重的表扬，我还真要感谢他们。

一早起来，见天空下起了小雨，就安卧床上，打算继续沉浸在书里。心想，真是天公不作美，不给那些懒人改过自新的机会。因为，周一静洁就和我商定，周六带老牛一起爬山，路线由我来定。之前，我多次抨击他们"腐朽的生活"。终于，他们被激怒了。

九点，电话响起，静洁说他们已经上车了。我慌忙撂下书，迅速装备，出门前带点莫名其妙的兴奋。

一上车，坐在副驾驶位置的老牛，让我大跌眼镜。一身乳白色运动装。这是自20世纪70年代上中学被称作小牛起，我认识他以来从没见过的行头，完全颠覆了他几十年来一贯的古板形象。我回过神儿来，刚准备揶揄他几句，静洁说，为了今天的登山，昨天专门为老牛买了一双高级户外鞋呢。老牛说，都准备了一个星期了，今天就是下刀子也要去。我哈哈大笑。

因为下雨，我说，就去净业寺。因为那里是石台阶，山又不高。为了安全，还有我对他们体力和意志力的估量。

"如果把秦岭的山都爬一遍大概需要几次？"老牛问。

我掰着手指计算着我所知道的主要山和峪，大概二三十次可以粗走一遍。

"好！以后我们每周爬一次，你就负责设定路线。一定要把这些山山沟沟都爬遍。"老牛声调激昂，不像开玩笑。咳，这老牛真的认真起来了。属牛的认真起来可不得了。

转过寺院背后,雪更大了。我们立刻兴奋起来,一边向上爬,一边大声呼喊。上面,是老牛带点牛的浑厚的回应。呵呵,平日里慢条斯理、轻言细语的老牛,也有这种声调和豪放的状态。

我没带相机真是重大失误。那些巨石上的洁白和枝头的妖娆,只好让静洁用手机收录。

我们来到陡峭得几乎是垂直的一面石坡前。

上吧!我知道大家正在兴头上,还没过足瘾呢——山的,还有雪的瘾。

我说,上面有一个平顶,然后过一道梁就可以绕回到寺院背后。

上吧!一致的决定。

我一马当先,开始手脚并用。我叮嘱大家一定要找到支点,踩稳了再向上攀。我说,大不了再返回来。

"看看,冒险精神出来了。"紧跟在我身后的静洁大喘着气说。

▲道宣律师舍利塔

上来了！我们胜利了！

我们在可以称作是鹅毛大雪中，在小路旁厚厚的积雪装扮的棕黄色小树簇拥中纵情，留影。然后，大声呼号，"蛊惑"山崖下的后来者。

只容得下六七人的小小山头，矗立着道宣律师舍利塔，孤独而神秘。我们绕塔一周，发现了前方"此路不通"的路标，有点遗憾。想起有折返者说，山里有僧人闭关。

难道真的要原路返回？我说，朝丰德寺方向走。我们都想起刚才在路边看到的那个不起眼的路标。

好，去丰德寺！几个被斗志激荡着的中年人，失去了理智。因为，我并没有去过丰德寺，那对于我们是个未知。这就意味着冒险。事实上，这个决定，成了我们2007年第一场雪中浪漫行动的终结。

但无论如何，决定的那一刻是美妙的。那一刻，仿佛回到了大学时代，那种无拘无束、无惧无畏的不羁与狂放。

假如时光可以倒流，不，时光不必倒流，只要我们的心能够回返，能够复苏，生命同样可以激越高扬，生机勃发！

通往丰德寺的路全是下坡。

刚开始的一段，我们胜似闲庭信步。这好似是个陷阱和诱饵。包括那些迫使我们不停驻足欣赏的、顶着厚厚的雪盖的、郁绿的雪松和不知名的树。

▲ 所有的活着的和枯萎的都被雪遮盖

所有的有生命的和没有生命的，活着的和枯萎的，美的和丑的都被覆于雪下，被雪遮盖。

脑子里突然就闪出这样的句子。

我睁大眼睛。雪，覆盖着树和藤蔓；树和藤蔓，覆盖着悬崖和深渊。心里不由惊悚。

接着，艰险的路程开始。

秦岭之冬

整整一面坡，陡而泥泞。异常地泥泞。

开始，是一片小树林中间辟出的小路，小雪落地即化。裸露的黄泥光溜溜的，显然被不少人滑溜过。我们拽着那些小树枝，那些草，放低重心，小心下滑。但，小心何用？

静洁带头摔跤，是屁股墩，一溜烟滑出老远。惹得大家哈哈大笑。

接着是小薛。同样招来无法遏制的笑。我说，个子高，地心引力大。

但是，谁说话谁招祸。接着，玩溜溜板的便是我。

还有老牛。老牛说，这时候鞋的抓地性都没有了。接着，摔，笑场。瞧瞧！还惦记着我今天给他们上的第一课呢。鞋子的抓地性，很专业的术语。

257

可是，这时候还抓地性呢。我们的鞋底打溜了黄泥，简直都成了滑板。

对于静洁来说，摔跤成了必须，笑也成了惯性。而当小薛那柄被当作拐杖的长柄伞没能支撑得住下滑的惯性被折断后，小薛悲惨的时刻开始了。

随着海拔的降低，雪变成了雨。这意味着前路更加艰难。

终于，几个年轻人上来了。我们互相打听前面的状况，然后都是果断地劝阻："你们返回吧！"然而，我们和他们都没有返回，都选择继续往前行，尽管互相了然前行的艰难。

终于，看到了丰德寺。看到丰德寺时，也看到了山底下的公路。终于下山了！

正在修建的山门处，从东北运来的松木散发出浓烈的香，两个工匠正在劳作。其中一个用夹着烟的手指着老牛咯咯笑个不停。他有充分的笑的理由。老牛那身乳白色的运动服，成了调色板。黄褐色的泥巴均匀又斑斓。

我们一致认为，这是一次刺激的行动，难忘的旅程。而对他们三人,则是一次别具一格的热身。

还有,我们享受了在城里没有的,2007 年秦岭的第一场雪。

登山简历

2007 年 12 月 4 日,净业寺穿越丰德寺,同行静洁、牛延平等三人。

自驾线路:西沣路—沣峪口—G210 国道净业寺山下。

徒步路线:沣峪净业寺山脚—净业寺—道宣律师舍利塔—丰德寺—沣峪口。

初冬徒步越秦岭，长安古刹三寺行

律宗祖庭净业寺

初冬，是冬天和秋天的过渡，是色彩的转变。这个时候，山上树的叶子就变成绛红色了。

把车停在峪口小薛家饭馆门前，从沣峪口沿 G210 国道徒步到净业寺山门处。沣峪口还在封路，车辆不得进入，年轻的交警说，里面因阴雨塌方，还在抢修。

行半小时至净业寺山门，见一位中年人两手提了两袋米面上山。走进山门，一间房内坐着一位出家人，两位年轻男女扫码布施，而后上香磕头。我和小伙伴拜了菩萨，信步上山。

净业寺是信众很方便拜谒的寺庙，也是市民经常登山的地方。我已经不记得来过多少次。首次到净业寺是 2002 年，也是初冬。我和 LIN、老兰来的，那时没有游人，没见到僧侣，可以随处走动。寺院大部分建筑破败，但摄影师有他的视角，大殿背后的石墙，在夕阳下，拍出怀旧的感觉。

通往净业寺山坳的路是石台阶，对于习惯土路的山友有些不好走，但好处就是无论阴晴雨雪，人们都可以拾级而上，不用担心路滑。今天，天气晴朗，树木有的凋零，有的青绿，栗树叶轻黄。阳光将婆娑的树叶和我们的影子投射到暖色的石阶上，灵动而温煦。至山腰，一边走一边浏览路边的宣示栏，佛家就是用这样轻松浅显的文字和幽默有趣的漫画，传扬佛法，如春雨般"润物细无声"。

▲ 通往净业寺的石阶

四十分钟至净业寺,两棵千年老树在寺前独守,只有一位游人,问路旁那棵是什么树,我答曰,白皮松。寺院低矮的院墙上撒了些大米,我知道那是给鸟儿们吃的。在山里,通往寺院的路边石头上,都会有撒下的粮食。

从寺门入,"律宗祖庭"四个字映入眼帘。我很喜欢这四个字,不大,端端正正。寺院里静谧安宁,没有香客和游人,只有在山门遇见的那个中年人与一位寺院的僧人站在那里交谈。与去年冬天一样,大殿依然封着门,香客不能进殿,只能隔着门槛磕头敬香,扫码布施。

梵音悠扬,香烟缭绕。小小的庭院里松树、女贞和低矮的花木泛青,一棵老栗树的叶子几乎掉光了,但它伸向偏房屋檐上的一枝金黄色叶子,在铁灰瓦片的衬托下,在逆光里分外惹眼。一些树干上,深深浅浅,布满绿色或黄色苔藓,这小小的空间,生态平衡,空气足够洁净。

净业寺位于终南山北麓之凤凰山(亦称"后庵山")。凤凰山山形如凤,山势奇古高峻,林壑幽深。寺院踞山腰,坐北朝南,北依悬崖,东对青华山,西临沣峪河,南向秦岭诸峰。明代王心一的《净业寺观水记》就活灵活现地描写了

秦岭之冬

净业寺之清幽："忽木鱼响歇，隔林笙歌，隐隐出红楼中，觉耳根如洗……已而穿萝寻径，复有小筑，自为洞天。四顾竹树，交加成帷，更为奇绝。"

▲ 净业寺

▲ 净业寺古木

在终南山众多的寺院里，净业寺不算大，但它的能量很大。它是中国汉传佛教八大宗派之律宗祖庭，为樊川八大寺之一。《长安古刹提要》载："律宗之净业寺，犹相宗之慈恩寺也。因道宣住终南山，又称为南山宗，今寺为各丛林之冠。"净业寺建于隋朝，唐初为高僧道宣的弘法道场，因而成为佛教律宗祖庭。律宗后由道宣再传弟子鉴真传到日本，成为日本律宗的始祖。后世研习律经，都以道宣的解释和规定为依据，至今中国出家的僧徒仍大多以道宣的学说为自己持戒的准则。

唐时净业寺因道宣弘扬律宗而达极盛，唐代以后，净业寺逐渐衰落。宋代释智圆有七言绝句《寄题终南道宣律师塔》为证："冷碧终南插太虚，纥麻兰若旧闲居。波离灭后无人继，萧索西风叶满渠。"明清至民国，陆续有后继者募资修葺弘法，仍然是抱残守缺。1960年，住寺僧众重修殿堂，当时有常住僧人五十多名，东沟小茅棚有18处。20世纪六七十年代，寺院被废，经像尽失。1983年，寺僧修葺寺宇佛像，恢复了净业寺的规模，国务院将其确定为全国汉传佛教重点寺院之一。2000年之后，经住持本如法师的努力，对净业寺的建设进行了新的规划，居士群体也发起募捐，重修祖庭。在政府的协助和海内外各界的大力支持下，耗费巨资，用时四年，对净业寺进行了一千多年来的第一次大修，新建山门、山亭、斋堂、禅堂，另对大殿、寮房、山道等，都做了整修。经过这次重修，净业寺面貌焕然一新，香火日盛。

净业寺本是清修之地，多年来游人多造访，寺院的师傅就移居寺院东南山中修行，在门前还专门立了碑，除了表彰发心助修人士，还规劝游人勿入。我们自然不会打扰他们的清修，朝北边的后山攀登。

云归秦岭

后山的路很陡，小路覆盖着厚厚的棕色栗树叶，走起来一步一滑，只好用登山杖拨开树叶。接近山顶，那面无法绕开的直立石壁矗立眼前，小伙伴略感惊讶，我不由分说，手脚并用向上攀爬。登上石壁回望，秦岭的千山万壑一览无余。继续沿窄窄的山脊上行，就到了凤凰山头，道宣律师舍利塔巍然屹立。

微信扫码
聆听秦岭
灵感秦岭
纪录秦岭
游览名山

▲ 回望秦岭的千山万壑

岭上风光卧佛寺

"山中何所有，岭上多白云。只可自怡悦，不堪持赠君。"南朝诗人陶弘景所描写的景象，无数次在秦岭遇见。但今天不同，今天没有白云，岭上只有蓝天和脚下厚厚的树叶。

从道宣律师舍利塔向东，先下至垭口，再沿着狭窄的山脊向上攀登。山脊的栗树已经空了，唯有栗树叶在小路及两旁堆积，走起来脚下"嚓——嚓——"声不断。

一路登高，渐渐发现，往年山脊的主角黄栌不见踪影，而与其在同一海拔的低矮的榛子树，身着绛红色羽衣，在路边伫立。有它们的地方，小路上就铺着带花边的大片叶子。行走在绛红色的世界里，少了秋夏的大红大绿，却有山峦的平和与含蓄。在即将迎来寒风大雪之际，它们用厚厚的枯叶包裹自己，坦然等待。

在凤凰山脊向东的一侧，有一些白皮松，长得一年不如一年。这使我想起凤凰山北坡的那些松树，前些年已经有不少树梢枯死，不知道是新陈代谢还是气候变化所致。

中午十二点，到凤凰山第五道山脊，见有几块布满绿苔的圆润石头，一下子想起大约十年前的情景。十年前，我和红树叶儿、徐新枝等几位山友，从丰德寺山门穿越青华山卧佛寺，就是在这里休息的。那时是深秋，凤凰山、青华山秋风舒爽，红叶遍染，每个人感受到了秋天的魅力，唯一的男士韩老师感慨地说，两个月来心情很不好，而看到红叶让他心情一下子好了。秦岭强大的治愈力可见一斑。往昔真乃一瞬。我们就此休息，菊花枸杞水佐以美味酱猪蹄、卤鸡腿、柠檬凤爪，以及卤鹌鹑蛋，还有翠绿爽口的黄瓜。阳光、树林、山风，美食、美景、美好的回忆，人生之欢，不过此耳。

继续攀登几条山脊，中途遇到从白石峪穿越过来的四位山友，他们得知丰德寺山门未开之后，决定从净业寺出山。到达青华山的卧佛寺，我数了一下，从凤凰山到青华山，在不断攀升中，穿过了九条山脊。

卧佛寺，位于秦岭北麓青华山正顶，海拔1678米，始建于唐朝武德初年（618），寺庙内有一尊侧卧的如来佛石雕，为全国室内四大石佛之一。随着时间推移，又因战乱，卧佛寺没落。直到清朝道光元年（1821）有一位本然法师，欲在此修建一座四大天王宝殿，在破土时发掘出卧佛圣身，寺庙才得以重建。在大炼钢铁的年代，卧佛寺屋顶的铁瓦也被拿去炼铁，卧佛寺一度荒芜。1977年，高僧本学法师登上此峰，将废墟清理，卧佛寺又有了新的生机。后又经过多次修葺，卧佛寺基本恢复了原貌。现在每逢农历三月初三、六月十五庙会，寺内热闹非凡。

多次到卧佛寺，大都是穿越黄峪寺路过，真正走进五层楼只有两次，而最吸引我的是寺院所在的大顶。有一年夏日，独自从凤凰山穿越至这里，坐在大顶的一棵白皮松下，听善男信女锁在铁链上的铜锁叮当作响，系在上面的红绸在风中哗哗飞舞，远近山峦参差，著名的翠微山隐逸在远处岚烟中。我终止了向黄峪寺的穿越，长久地坐在这里痴望，聆听，在夕阳斜照中下山。

翠微山下黄峪寺

穿过芦苇花合围的春天时白鹃梅的领地，再翻一道梁，下午四点半至黄峪寺村。

▲ 卧佛寺大顶的白皮松

午后柔和的光线里，黄峪寺村口的芦苇花美轮美奂，它们伫立于宽阔的道路两边，如隆重的仪仗队，欢迎我们。通往下营的路边，几棵秃树，有黑色的鸟窝，鸟们飞来飞去，偶尔的叫声在空旷的山谷中回响。

村庄寂静，因山洪及山下峪口封路，返回村里开农家乐的几户人家又下山了。中营玲玲家东边原先的菜地里，新盖起了几间板房。

玲玲家老房子又被维修得焕然一新，只是门紧锁着。自从搬下山，玲玲家房子眼看着塌了又修，又塌了再修，几起几落，租给不同的户外公司。院子里的一棵老杏树也成了拓展项目。旁边小吕家院子里，"山野农家"牌匾依然醒目，凉棚下的饭桌上积满厚厚的灰尘，房顶上积雪融化，水珠不断线，滴答答流在院子里，落水处竟然长出了嫩绿的草。昨晚电话问了小吕，他说，已经下山两个月了。坐在小吕家门前，望着三家空荡荡的院子，往日人声鼎沸，坐满山友的情景，仿佛就在昨天。

上营也没有住人了，只遇见一农妇，说是被雇了给养猪户喂猪。火红的柿子挂在漆黑的树枝上，吸引了我们。于是，拨开茂盛的枯草，伸手摘了熟透了的大柿子，和鸟们分享这糯甜的天籁之物。

来黄峪寺有四十余次了，每一次景色与心情皆不同。除了景色，心底还有对这里村人的惦念，虽然村人已经都下山了。这个有七百多年历史的村庄已经搬迁至山下，空巢村庄早晚也会消失，就像千年前李世民的翠微宫一样。但有些东

▲ 黄峪寺的老柿子树

西不会消失，就像满村的老杏树、老栗子树，以及对这片土地的记忆。

夕阳西照，落日在山峦中隐去。我们在夕阳的余晖里，在月光下，沿蒿沟弯曲的道路下山，四公里路程徒步一小时十分钟。晚上七点十分到达沣峪 G210 国道蒿沟口，继续徒步五公里出沣峪口，完成 O 型穿越。

登山简历：

2021年11月17日，与如在从沣峪口，经净业寺、卧佛寺，到黄峪寺村，从蒿沟下山，至G210国道返回沣峪口，O型穿越。

驾车线路：韦曲收费站入口—G65包茂高速—环山路（107关中环线）—沣峪口检查站，原返。

徒步线路：沣峪口检查站—净业寺山门—净业寺—凤凰山"九条脊"—青华山卧佛寺—土地梁—黄峪寺村—蒿沟—G210国道—沣峪口。

徒步里程及时间：9:30—20:00，用时10小时30分，其中徒步6小时30分，徒步约17.5公里，累计高程约1000米。

黄峪寺冬日夕照

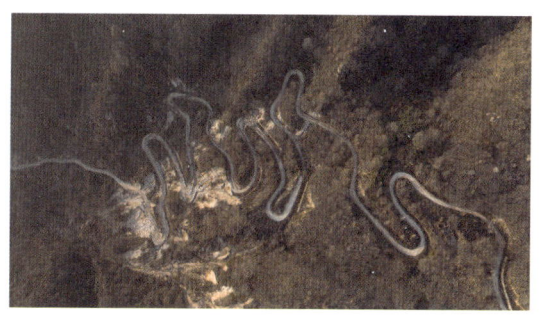
▲ 黄峪寺盘山公路

云归秦岭

寒冬探秘光秃山，冰雪云海落日灿

上午十一点从鸡窝子出发时，后面有三个人。但他们不是登山的，没走几步就在树林雪地拉开架势野餐了。

现在，我们在莽莽林海深雪中开始徒步，并且开始了这一天仅有我们两人的光秃山孤独之旅。此刻，我们还不知道将遇到什么样的困难，更不可预知山顶的落日辉煌。

这本是一次寻常的登山。对于这条上山的路和光秃山，我已经走过近十次了，但它最终成为一次极不寻常的登山。未曾预料的积雪，大风，寒冷，长时间夜行，带来比往日数倍的艰难和未曾有过的恐惧。最终在山顶遭遇此生登山遇见的最辉煌壮观的云海落日。如此反差极大的经历，对首次登山的如在心灵上的冲击是巨大的。

在河边的树林，戴上一副不入流的冰爪——从峨眉山旅行带回来的，将自己的冰爪给了如在——尽管对他44码的鞋太不合适。

沿着蛤蟆沟上行，雪挂满树枝，覆盖了树林里的植物和往日的小路，沿着小溪的路还能识别，但半山坡的一段小路完全无法辨别，幸好及时发现走错了，凭记忆返回正途。

开始登高的时候，如在有些兴奋，毕竟，雪景是有吸引力的。尽管气温在零下六七摄氏度，拍照时手都冻僵了，却毫不在乎。但不到半山腰，就出现了初次登山者的第一问："到山顶还要多久？"

笨重的棉袄和负重，已经让如在热气腾腾，大汗淋漓。棉袄不是轻便的鸭绒服，而是实打实的厚重棉袄；背包里有两部相机、两公斤的长焦镜头等，还有无人机，外挂三脚架，重量差不多20公斤。这样的重量对于强驴不在话下，但对第一次登山的草驴，且穿着这副行头，在当下的环境中，着实艰难。而我背着食物和水以及衣物，分担不了多少。原计划今天要走轻松点的山路，如在要看雪，我想，光秃山能满足这两个条件。没想到，光秃山今天给我们来了个下马威。

由于积雪太深，没有一个脚印，在陡峭的杂木林带和冷箭竹林带，需要格外小心，走起来更加困难，但我们只休整了一次——往常我们的驴队会在登高的这一段休息两次。今天出发的时间太晚，如在不停地拍摄，这也让登山速度减缓。

不知不觉，在艰难地登高中，眼前的小路明亮起来，积雪的小路出现了斑驳的光影。回身望，惊喜地发现浓密的树林里透出了一片蓝天，雾气笼罩着树林。我们在忐忑中看到了希望，一下子轻松起来，对登顶有了信心，脚下加快了步伐。但之后的乱石路既陡又滑，耗费了很大体力。如在有了轻微的高反，加上一只冰爪已经坏了，走起来更加吃力，就担心起下山的难度。我们边走边讨论下山路线，如果到山顶，下山肯定天黑了。毕竟，我们没做好走夜路的准备。看得出，如在有回返的念头，但很快就放弃了这个念头，他想登到山顶。

停下来眺望，周围山头浓雾涌动。瞬息万变的天气，又让他担心上到光秃山会不会变成阴天，没有云彩，上去什么都拍不到了。

终于回旋到光秃山下的冷箭竹林，已经能看到红房子了。如在以为胜利在望，不承想更加艰难的历程在等待着他。

斜斜的小路通往光秃山山顶，但无论对老驴还是草驴都是心理和耐力的考验。这一段海拔从2500米左右抬升到2800米左右，也就是说，消耗大量体力之后，在高海拔地区抬升约300米，是对身体耐力和意志力的极大考验。而对

秦岭之冬

山顶望而不可得，更是一种心理的熬煎。除了这些，如在首次登山加上负重，其绝望可想而知。

▲ 雾凇与云海

我尽量分散他的注意力，讲光秃山的春夏秋冬四季景色，讲登山故事，回答他的问题，但等到距离红房子还有六个高压线桩的时候，他彻底走不动了，体力消耗殆尽，心脏跳得难受。而我没有停步，我知道这时候任何安慰都没有用，要靠他自己。

这一段路程对于我这个老驴来说，走得也很艰难——由于前几场大雪，驴友登山将小路上的雪踩得瓷实，而近两天的大雪覆盖在上面，走一步，滑半步，而且需要用力将鞋掌"插"进瓷实的雪里，否则就会滑倒。

尽管行走艰难，但不会错过难得的雪景。整面坡银装素裹，两旁的树木均挂上雾凇，树形优美的冷杉尤其漂亮。而北面鹰嘴峰和东面的分水岭、牛背梁也是雪的世界。如在看到雾凇和云海，兴奋起来。

经过六小时艰难跋涉，下午五点多，我们终于爬上了光秃山草甸。一眼望去，光秃山的雪松和植物全部被雾凇雕琢，远近白雪覆盖。前方覆盖着雪的巨石群，在夕阳里，如生动的雪貂。云海淹没了光秃山和分水岭之间的沣峪，在两山之间架起了"仙桥"，几乎看不到云雾流动。夕阳染红了西天

秦岭之冬

以及鹿角梁一带的山头,也照耀着四周滚滚的云海。天地之间,一片辉煌。我们激动万分,如在快乐地大喊着,飞奔到网红巨石旁,架起了相机,又飞起了无人机。

▲ 光秃山与鹿角梁的雪山、云海和落日

开始，鹰嘴峰在云雾里，后来云雾逐渐散开，露出"鹰"的头顶，再露出"鹰嘴"和整座山，又一抹云漫过，在它身上游弋。对面的牛背梁和秦岭梁，在粉白的云海中时隐时现，如大海中的小岛。西天下，鹿角梁上，镶了一道金色的光，它的上空，一大片红色和黛色的云，像一只由西向东飞翔的火凤凰。

此时，冰天雪地，寒冷彻骨。我尽管戴着手套，手很快就冻僵了，戴着厚厚的帽子依然冻得头皮发麻。如在无法戴手套，用冻僵的手操作无人机，而后用相机抢拍。我用手机四处扫射，每一张都是绝色美景。

▲ 光秃山眺望雪色云海合围的鹰嘴峰

六点,美景渐渐消失,天色暗了下来。冻僵了的两人收拾好行装,开始下山。

考虑到从上山的蛤蟆沟下山,道路陡峭湿滑难行,遂选择蜿蜒的砂石公路。

天完全黑了,群星在天空闪耀。我们从云海之上行走,星光璀璨;蜿蜒至云海之下,大雾弥漫。幸好,如在带了备用的营地灯。这段盘山路有15公里,车辙碾轧得坑坑洼洼,且有半尺厚的积雪,无法像平日里抄近道,只能老老实实回旋。为了让如在有信心,我告诉他下山只有10公里。于是,"快到了吗,还有几个弯?"成了黑夜中五个小时艰难下山路途的灵魂发问。

漆黑的夜晚,一片死寂。除了两人嚓嚓的脚步声,没有任何声音。如在走在前面,我在后面。断后是我的一种习惯。刚走了几个回合,如在就开始问,快到了没?我不假思索地说,快了。再走一段路,他显然心里有些害怕地问,山上会有狼吗?我断然回答,没有!因为有人类活动的区域不可能有狼,狼害怕人。再走,又问,有羚牛吗?我毫不犹豫地说,不可能有,因为羚牛在山的西北活动,它们的领地在

大片红褐与青黛交织的云,像一只振翅飞翔的火凤凰,盘旋在光秃山和鹿角梁的雪山云海之上

山背后。我用无比坚定的语气回答如在的发问之后，心里有了一丝担忧。我说的都是常识，但在这冰天雪地中，野生动物没有吃的东西，饿极了，保不准会越过界限，到东坡寻找食物。但是，无论作为老驴友，还是作为长辈，我都要给他信心，不能让他产生恐惧，否则，一旦丧失信心，将无法走出这座山。我尽量用轻松的话题分散他的注意力，讲往日如何抄近道，以及去大寺的趣事。说归说，脚下却时刻紧随前面的大长腿。

在下山的路途还有一半的时候，如在又问，还有多远走出山？我风轻云淡地说，再转三个弯。当转了五六个弯后，如在显然有些生气，问我到底知不知道有几个弯。我当然知道，但我还是平心静气地说，快到了。

晚上十一点，我们安全到达分水岭公路。坐在路边脱掉残废了的冰爪，如在迈开大长腿，以更快的步伐朝前走，并愤愤地说，就你能骗人，以后再也不跟你爬山了。事实上，没过多久，他就和我们几个山友爬了南五台。之后成了我们爬山小分队的成员。

在 G210 国道徒步 5 公里，到达起点鸡窝子。平日六七个小时的徒步路线,我们俩整整走了十二个小时,深夜到家。

上山和下山的时候,我多次对如在说,我倒是不是你亲妈?

顺便说一句,如在是我儿子。

登山简历

2020年12月初,与小伙伴如在登积雪深厚的光秃山。

驾车路线:西安—包茂高速—太乙宫出口—关中环线—沣峪口转盘—G210国道—上鸡窝子,原返。

徒步路线:上鸡窝子—蛤蟆沟—光秃山草甸—盘山路—分水岭—上鸡窝子。

徒步时间:11:00—23:00, 徒步12小时,徒步约27公里。

海拔:1750～2887米,高程1100米有余。

云归秦岭

迷失在抱龙峪雪的世界

起初是轻浅的、忽然的意识，一个漫不经心的决定——冬日里，到秦岭某个有雪的峪谷徒步。

坐在检察官驾驶的后车座里，回想这座城市近期雪的频繁造访，微笑漾上心头。在暖气很足的家里看窗外的鹅毛大雪，在某个咖啡屋或茶室隔窗看憨笨的雪人和龟缩着的匆匆行人，庞大的606公交车进站时尾部失控地摆动，骑自行车的人被摔到老远，仰面朝天。还有，在上班时穿过积雪厚实、树木高大的小树林，轻柔的雪片无声拂过……此刻，急速后退的雪是沉寂的。如果把它作为一首诗的开始，那么此刻内心感受到的东西可以称之为雪的沉寂。

前面一辆车毫无困难地通过凝雪滑溜的缓坡，而检察官的车却遇到了麻烦。抱石村纯朴热心的乡民帮我们安顿好车辆，两部车上的人马就在抱龙峪入口会合。开始，七位同学以及同学的同学略感矜持，很快，检察官、县长、教授、诗人、总编等世俗的身份，被静洁挑起的一场雪战瓦解，混乱中，成为纯粹的同学和约等于同学。

秦岭之冬

　　进入是浑然不觉的渐进，层次绝对不够分明。只有脚下"咯吱，咯吱"的声响，在越来越严重的眩晕里，应和着意识中遥远的旋律。那些安然于山的、树的、路的雪，有一种超常的美，使人感到无比的幸福，比今生任何有关雪的记忆更幸福。"一生中终会有那么一次，雪会飘落在我们的梦中。"大概是土耳其诗人的诗句，今天，这雪压根就不需要入梦，它径直包裹着我们，恐怕一直要驻足在心头。

▲ 雪中行进

　　雪无穷无尽地延伸着，像在梦里，终于找到了多年以来极力寻找的那种纯洁感，于是，就乐观地相信在这个世界上我们可以回到自己的家。我们不必像契诃夫作品中那些生活没有变化而又失败的主人公们那样忧郁。

草丙是个绝对藏不住喜悦的人，一路上，他不断地佩服自己，佩服自己走了这辈子走的最多的路，看到最意料不到的景。中文系优等生的功底迫使他不仅诗兴大发，而且警句迭出，大抢哲学系同学的风头，譬如，最美的语言就是无语，此处无声胜有声。而他的学长红树叶儿和长弓子正相反，总是静静地行走或专注于风景，那些枝头的妖娆，石上的浑厚，溪涧的透明，对红树叶儿的镜头太有吸引力了。她朴实的语言，交谈中的矜持，让人感到一种令人尊敬的气质。她的存在让人感到了一份安宁。"安宁是灵魂最深沉的欲望得到满足的状态，是精神在冥冥中进入我们内心的最伟大的脉动的飞翔条件。"我基本同意劳伦斯的观点。我们的生活已经成了一个机械的圆圈，对我们来说，已经很难理解或承认突如其来的创造欲。而对他们俩来说，绝没有这种担心。他们是诗人，在安静的外表下，也许诗的蜂窝正蛰伏在体内，随时都会爆发那种蜂拥而出的痛快。只不过一个是浪漫的言情的，另一个是哲理的写实的。

秦岭之冬

▲ 雪的沉寂

自进入山口，悬挂在山崖边的冰挂激起一刹那的心悸之后，雪的美感之于我渐渐成为巨大的压迫。我开始恍惚，迷糊，麻木。那些实实在在安顿在秦岭支脉上的树木、枯草、山、石、河流，在厚雪的覆盖下，似乎一切都被抹去了，失去了踪影。我的记忆也好像在雪的覆盖下被抹去了。那些来来往往的人，快意地走在洁净里，那样纯粹。雪中，尘世里的一切是那么遥远，有种难以置信的荒凉。我突然感受到，伤感致泪水盈满眼眶的卡走在大雪弥漫的土耳其北方的卡尔斯街道，所感受到的一种奇怪而又强烈的孤独感。这种孤独感充斥在城市的每个角落，在豪宴酒局上，在茶馆结了冰的玻璃上，在被雪覆盖着的空荡荡的广场上。

当她进入我的镜头，我立刻产生一种快意。新枝，这个灵动的女子，她的鲜黄的上衣和大红的围巾，在我的镜头里成为一种强烈的视觉动感美，让心灵震颤的美，一种巨大的愉悦。在随后的回想中，我反复回味这种感觉的真实性，我居然发觉自己毫无同性间的妒意。这使得我怀疑起劳伦斯著名的"世界上只存在两种深刻的关系，男人和女人的关系"的观点。我确定，和男女关系一样重要的还有另一种关系，那就是有共同的价值观、心灵契合的同志关系。

▲ 路边的冰挂

我们的情感是这片原始森林的一种表现。我们惊恐万状地对这片森林不予理睬，用巨大的铁丝网把它圈起来，宣称它并不存在。人是唯一自觉自愿试图驯服自己的生灵，他成功了。他把这种驯服称作文明。而真正的文明完全是另一码事。"驯服并不是文明，它无异于烧掉灌木丛来耕耘土地。我们的文明还没有认识到耕耘灵魂的必要性。以后，我们激昂播种野草的种子。但至今为止，我们只是在焚烧和连根拔除原来的灌木丛。就灵魂而言，我们的文明直至今日一直都是毁灭的过程。我们的灵魂是一片满目焦桩的旷野，只是这里、那里的一小洼池水。"劳伦斯说过，他的书是写给五十年后的人们看的。现在，八十年过去了，我们未必能够看懂他的文字。但至少，我们该明白，我们必须耕耘自己的情感，分辨什么是文明。

那个内敛的检察官加记者，会适时地给新枝拍照，或制造让我们撮合他站在她旁边合影的机会。这真是有趣极了。他能发现美景，也会制造美景。他不顾寒冷脱掉外套，高领毛衣牛仔裤，很酷的姿势。静洁就夸张地说，原来你脱掉外套很帅耶。检察官开心的笑容没得以舒展，静洁接着一句："如果再脱一件会更帅。"哈哈……开心的，调侃的。

静洁的经典形象是挂着一条拐杖，穿着儿子宽大的外套，踽踽而行，一副隐居俗世的智者形象。那是长弓子同学送给她的礼物——一条树枝。但她很不满足，总是说他把礼物送给她，把美女带在身边。她会比别人发出更多的言论，但她有时候很厌烦声音。

接近沟峪尽头，飘起了雪，轻柔的，似有似无，给美至烦闷的景色添了些热闹。抬头看天，太阳朦胧地在山头。哦，太阳雪，神奇的太阳雪！我不记得今生有过如此幸运的遭遇，似乎是个好兆头。

到目的地了。悬挂在山崖的巨大冰挂，并没有带给我预料中的震撼。我几乎忘记这是我们的目的地。沿途越来越严重的美景，逐渐销蚀了我对美的感知。那由瀑布凝结的、晶莹的、庞大的、不可思议的美，以往很多年都没有过。

严寒渐重，随即回返。

回返中，我们再没有细观。今生中有关雪的最美的印迹，已经充满了我们的头脑、眼睛、心房，甚至每一个细胞。无意识当中，脚下几乎是行军的速度，讨论的却是慢悠悠的话题。我们开始向内，有关王阳明，有关读书。长弓子虽身在政府机关，但没有忘记观照心灵，这也是我们得以走在一起的原因。不管身处何处，只要不关闭"原始森林"，让鲜红的血自由流淌，就可以活得生机勃勃。

▲ 抱龙峪神龙冰瀑

秦岭之冬

登山简历

2008年1月,七位老同学及隔山同学徒步抱龙峪。

驾车路线:西部大道—子午大道—环山路—子午镇—抱石村,原返。

徒步路线:抱石村—抱龙峪口—抱龙峪—神龙冰瀑,原返。

云归秦岭

圭峰，隔断红尘三十里

　　从太平峪的家佛堂过河，在"之"字形的山路盘旋而上。现在是下午一点半，天气阴沉。

　　走了几个回合，发现这"之"字形由西向东的一段，路面的沙土或树叶是干燥的，而转向由东向西的那一段，路面是潮湿泥泞或残留着积雪的。这一发现让我兴奋起来，进而观察路边杂草和树木的变化。太阳给大地万物同样的光和热，但接受的温度是不同的。就像这面坡，环境细微的变化，都会感受到阳光的差异，道路和树木花草就发生了变化。

　　大部分的路面都铺着树叶，细碎的灰色，大片的红褐色。某种程度上，冬天登山，就是为了感知这些铺撒在山路上的叶子，听踩在上面的沙沙声响。它们曾经是绿色和彩色的时候，充满活力和绚烂，此刻铺在地上，依然有一种内敛的色泽和韧劲。

　　山坡上的植物几乎都是赤裸的，只有黄栌和栎树残留着几片绛红色的叶子，像艺术品一样。而所有的树木和枝条都

午后的太平河水 ▶

是个性鲜明的艺术品——独特的树形，密集的枝条，弯曲的树梢，都呈现出自然美的形态。我想，任何费尽心机的人造园林，都不及大自然的造化。

香蒲以茂密的米黄色招摇；火棘只剩下泛白的枝条和灰绿的碎叶，那满身的刺儿依然桀骜不驯；至于忍冬，没了金银花开的曼妙，用枝条把自己编织在比它粗些的枝干上，展示着纯粹的筋骨；细如发丝的苔草，温柔地垂在路边，它的根部有细微的绿丝，让山坡统一的枯萎有了一丝活力。

走完可以望见山下村庄的"之"字形小路，眼前较为平坦的山脊出人意料地站立了一片矮矮的雪松，松树下铺满了积雪，夹在中间的小路，被驴友的脚步踩成了稀泥。抬头望，无数次在环山路仰望过的辨识度很高的圭峰绝顶，却矗立在东北方向，和我正在攀登的这座山毫无关联。原来，我是在太平峪西侧的另一座山上向圭峰靠近。意识到登顶的山路还很远，于是停止拍摄，加紧步伐。

从山脚开始，就有山友陆续下山，询问，曰：上面人多得很，路泥得很。继续向上，迎面下山的一对山友说，这里才是距离山顶的三分之一。女山友说，你为什么今天上山。

中午在草堂寺附近取了群友们购买的大寺老刘家的土蜂蜜,到山根了,肯定要爬山。去老刘家之前,先到祥峪探路,因积雪,祥峪景区关闭。于是决定上太平峪内的万花山,但通往万花山的狭窄上坡路积雪成冰,遂调头,将车停在家佛堂附近,从南坡上圭峰。

圭峰东邻太平峪,西邻黄柏峪,北邻乌桑峪及107关中环线。从三条峪道都可以登圭峰。

六年前的十二月下旬,也是独上圭峰,从环山路入乌桑峪,走圭峰西坡。山下遇到户县的一个村民,自告奋勇做向导。那天路上也有积雪,泥泞不堪。健谈的乡党脚穿黄胶鞋,衣服单薄,步履轻松。他曾多次登圭峰,一路分享了山友很多有趣的事和有关圭峰的传说。我们经过乌桑峪口被封为天神的唐开元大将尉迟敬德大醉遗留的"神鞭";两峰绝壁相向的"石门",当地人称南天门——传说当年孙悟空被召上天宫做弼马温,就是从这个南天门上的天庭;"亚洲第一花岗岩石生桥"——当地村民称其天生桥或遇仙桥。石生桥呈弧形,单孔,有桥梁、桥洞、桥基,有人测算长50米,净跨度38米,高25米,底座宽21米,厚2米左右。观之,相当震撼，再次叹服大自然的鬼斧神工。至半山腰，远观圭峰北坡的"金龟朝顶"——黄白色巨石，前小后大，像一只巨龟沿着山坡向上爬行。乡党说，圭峰药王洞就在峰顶下的北侧。

▲ 圭峰北坡的"金龟朝顶"

那天西坡阴冷，但峰顶阳光温暖，天气晴朗。坐在逼仄的尖山顶小庙旁，我和热情的乡党分享了背包里的食物。回返至环山路，热情的乡党邀请我农历二月十九跟九华山的庙会，并留了他的电话和上山的路线。我答应有时间一定去，但终是没去。那乡党诚心诚意的邀请，我竟然忘记了。

道路继续向西拐，似乎离圭峰越来越远，但我一点也不担心。我知道山里的路，一山连一山，总有到达的途径。

快到圭峰寺的时候，又下来四个山友，一个女山友关切地说，你怎么这么晚上山，要上到顶的话时间很吃紧。

路标指示，一条小路经圭峰寺通向圭峰顶，一条经农家乐通向圭峰顶。我选了第一条。没走几步就到了一个小小的寺院门口，门口一个牌子上写着"闭关中，请勿扰"。自然不能扰，看着通往圭峰寺的路直通寺后山顶，简单判断了一下，朝农家乐方向走去。

此行因走得急促，无缘圭峰寺，但心中已经肃然起敬。我头顶上方的这座寺院是西圭峰寺，也称兰若院，和东圭峰寺是一个寺院的两个道场。一千二百多年前，四川西充一豪门望族之家的青年，赴京师应贡举，途经遂州（今四川遂宁），听闻道圆和尚说法，于是随其出家。这位少年即20岁通阅儒学、探学佛经的青年才俊何炯，多年后成为圭峰宗密禅师或圭峰大师后，已是唐代一位"励志以阐教度生，助国家文化也"的高僧大德。宗密禅师是著名佛教思想家，主张"佛儒一源"，认为"顿悟资于渐修""师说符于佛意"。

▲ 圭峰红叶与云海

资料记载，公元812年，圭峰宗密禅师32岁入长安华严寺，师从华严宗四祖澄观。澄观法师有弟子一百余人，最著名的为圭峰宗密、东都僧睿、海印法印和寂光四人，称为"澄门四哲"。继承他法统的宗密，被尊为华严宗五祖，世称"圭峰大师"。

公元828年，唐文宗曾诏圭峰禅师内殿问法，皇帝钦赐紫方袍，赐号"大德"。宗密声望益隆，在京居留三年内，结交了一大批达官贵人和文人墨客，与宗密关系最密切的是唐中晚期名相、书法家裴休，与刘禹锡、白居易亦有极深的交往。

▲太平河在圭峰的视线中蜿蜒出一道银练

公元841年正月初六，62岁的圭峰禅师坐灭于长安兴福塔院。初七后，僧俗等奉全身于圭峰。二十三日，荼毗（火葬）得舍利数十粒。至今，东圭峰寺有其舍利塔。

禅师功德卓著，深研宗法，被唐真宗追谥为"定慧禅师"。公元855年，其门人立"圭峰宗密定慧禅师传法碑"，丞相裴休撰碑记并序，唐真宗降旨建塔。此碑现存于圭峰下的草堂寺。

过一道弯，山路盘旋到另一个山体，但这还不是圭峰山。

继续在山梁上盘旋，接近山顶的农家时，下来一位独行的山友。他问："你咋一个人上来？"又说，"峰顶一段台阶结冰了，很滑。"我说："走着看吧。"

农家的门敞开着，主人没在家，空荡荡的院子里拴了条狗，看到人就使劲叫。我迅速穿过院子，继续上山。走上山梁，一眼看到西边的黄柏岭。群山围绕下，黄柏岭被削平的山头，静静覆盖着成片的积雪，与那年车水马龙、尘土飞扬的景象大不相同，但仍然有机器轰鸣声不断传来。看来今年从中央到地方对秦岭的治理，让破坏黄柏岭的行为有所收敛。

专注地走在青龙岭的"龙脊梁"上，偶一抬头，赫然发现与视线平行的"金龟朝顶"，心中大感轻松快意，尖山顶快到了。记得那年走到"金龟朝顶"正下方的"石生桥"时，问带路的乡党，能不能从"石生桥"处直接上顶，乡党断然说，绝不可以。他说有一年遇到一群年轻人从"石生桥"处上山，他怎么都挡不住，就和他们一起向上爬。那天下着雨，山上没有路，山体陡峭，乱石林立，危机四伏。一群人穿来穿去，耗尽体力，仍无法登顶，只好回返，晚上九点多才回返到山下，差点出事，想起来都后怕。

秦岭之冬

▲西眺黄柏岭，开挖过的地块已经栽种上树木

经过莲花石和碾药盘，眼前耸立着圭峰最后的台阶。浅显的石头台阶上，积满雪，雪结成冰，成了窄窄的斜面。我稍作犹豫，仗着手中的双杖爬了上去。

圭峰海拔1528米，山顶古寺庙早已被毁，后来，附近村庄的村民建了玉皇庙。有谚语："圭峰戴帽，白雨发泡。"望见圭峰有云雾，定有大暴雨、洪水，危及田舍、生灵。"咸丰三年，火烧尖山"，说的是青蛇作乱，雷公劈下闪电把青蛇烧死于庙中。圭峰逼仄的山顶，新建的这座小小的玉皇庙，也许就是百姓为祈求天神护佑而建。我先拜了玉皇大帝，然后向四处眺望。

圭峰三面空临绝壁，仅南面与青龙岭相连。北面可远眺西安、咸阳、鄠邑（原户县）、长安，秦川大地尽收眼底；东望，紫阁峰山势高峻挺拔，景色优美，大顶、凌云、罗汉等峰突兀峻拔，山体层峦叠嶂，树木积雪斑斑点点；东南向，海拔1917米的万花山直插云天；西眺，"九华仙境"金光四射。

秦岭之冬

▲ 圭峰南望青龙岭

▲ 孤傲峻拔的圭峰

曾经,圭峰山上有池,秋月射之,澄澈如镜。《重修户县志》记载:"圭峰曾有别墅,暮山紫翠,横绝天表,月高露下,群动暂息,忽有笛声自西依山而起,上拂云汉,下满林壑,清风自发,长烟不生,听之,天地人物洒然如在冰壶中也。"故,"圭峰夜月"成千古佳境,流芳百世。

诗人程颢在诗作《秋月》中这样描写圭峰夜月:"清溪流过碧山头,空水澄鲜一色秋。隔断红尘三十里,白云红叶两悠悠。"

圭峰紧靠著名的草堂寺,加之山峰秀美奇特,历来为游览胜地。北宋大文学家范仲淹曾与友人一起游览圭峰山,在圭峰别墅有感于圭峰夜月美景，在《户郊友人王君墓表》一文中写道："对酒群乐，岂如圭峰月下，倚高松听长笛，忘天下万物之际乐？"《户县志》载，唐宪宗元和元年（806），著名诗人白居易曾来户县，并到圭峰山一带游览。唐代刘禹锡、杜牧、韦应物、温庭筠、贾岛等都曾写了许多与圭峰山及圭峰禅寺有关的诗文。

圭峰红叶，也是名满古今，今人尤为钟情。每年秋末冬初，市民赏圭峰红叶络绎不绝。因而，圭峰成了网红和驴友赏红叶打卡地。

西天，金黄色的夕阳洒满山峦，如若仙境。夕阳退去，今日的圭峰顶会升起一轮明月吗？

小心踩着积满冰溜子的台阶，越过积雪的松林，朝西坡曾经走过的方向望去，小路上和树林里铺着厚厚的积雪，积雪上有一行下山的大脚印，显得神秘莫测。

快速返回农家院子，回望圭峰的一瞬间，彻底被惊到了：尖山顶庙宇耸立，背后蓝天衬底，粉白色的云朵凝固在蓝天上。而圭峰南坡的树木被夕阳镀上了温暖的黄色，美轮美矣，好一幅瑰丽的图画！

我依依不舍，继续下山。心中慨叹，红尘已至脚下，但圭峰依然可以明净澄澈。

至山梁上，遇农家女主人背着一个大包，手里提着筐子，坐在平伸出来的树枝上歇息。我停下来和她攀谈，得知她家属于黄柏岭村，春夏秋三季登山的驴友多了，她就有了生计，做农家乐。冬季登山的人少，她就下山干点其他活。此时，她背了棉衣、挂面、蔬菜等冬季生活用品，回山上过冬。我和她告别，她叮嘱，天快黑了，下山小心。

山路和路边的树木枯草涂上了温暖的淡黄色，置身其中，幸福感爆棚。我放缓脚步，让自己沉浸在暖黄色里，细致体味黄昏时天地草木融合的温馨。

临近曲折的坡地，有五六只金冠绿脖红背长尾巴的锦鸡在树林里觅食，它们的华丽和从容令我感动。庆幸圭峰这样接近村庄的山坡有野鸡，也担心它们离人类太近，会受到伤害。

无论如何，算是很完美的结尾。

秦岭之冬

到达山下，过跨河木板桥，已是晚上六点，天完全黑了，一切刚刚好。

登山简历

2019年1月12日，独行秦岭圭峰。

自驾线路：西沣路—环山路（S107省道）—太平峪公路—家佛堂，原返。

登山线路：家佛堂—圭峰寺—曹家岭—青龙岭—圭峰（尖山），原返。

备选线路：

线路1：乌东村东—乌桑峪—将军石—南天门—天生桥—青龙岭—圭峰；

线路2：黄柏坡—黄柏小学—黄柏东沟—曹家岭—青龙岭—圭峰。

徒步时间：4个半小时。

海拔：圭峰顶海拔1528米，高程1000米。

云归秦岭

秦岭分水岭草甸的雪

题记

只要你足够美，雪会让你更加出色。雪可以让杂芜变得纯净，也可以让树木妩媚喧腾。雪具有超凡的审美和雕琢力，又宽厚博爱。今天，在东富儿沟向上的银色世界里遇见童话，在分水岭草甸竹海遇见珊瑚般的雾凇仙境。秦岭分水岭，让今生有关雪的记忆超然、绚烂、永恒——

入沣峪口，就贪婪地紧盯着雪。路边农家屋顶积雪和屋前"花树"，瞬间隔离了雾霾。过"关石"，沣河上游两岸雾凇铺天盖地扑面而来。惊喜中预感，今天将遭遇一场雪的盛宴。

九点半，在下鸡窝子农家停好车，一行六人跨过沣河小桥。

"溪深古雪在，石断寒泉流。"一进东富儿沟，雪的世界突至。石子土路被洁净的雪完全覆盖。那些繁盛之后又枯萎的草和树木，全部成为参差的雾凇。踩着冰雪过河，穿过夹道欢迎的雪松和落叶松。雪松针叶上的雪,晶莹剔透,白绿色彩,像一幅写实画派的杰作;而齐蓬蓬一排修长高大的落叶松,树干漆黑,灰色的枝条挑着的纤细针叶上,落着细小的雪花,好似一幅自然真实的水墨画。人行其间,成了最和谐生动的点缀。

▲ 穿过夹道欢迎的雪松和落叶松

从覆盖着尺把厚积雪的独木桥上弯过河去,河洲上高大的树木下,春天紫的、白的、绿的花被发糕般松软的雪覆盖。树干枝条,雪高高低低地盘踞,只有绛红色的红桦依然特立独行,片雪不沾。冰雪下溪流,流水淙淙。大小水潭,盖着镜子般的薄冰，潭中白水搅动绿苔，清凌生动。而一处较大的潭水前，冰挂参差，像透明的乐谱，跌入绿潭。我们开心地用手机记录了这不同寻常的生动图景。

▲ 参差冰挂像透明的乐谱跌入绿潭

快到净居寺时，我们在桥上停下来休息，顺便戴上冰爪。一对穿着棉窝窝（棉鞋）的老年夫妇，蹒跚而过。老婆婆穿着粉红色锦缎棉袄，满脸喜气，棉袄是那种20世纪七八十年代农村新娘流行的嫁衣。老头的背篓里，露出两柱红色高香。我夸老婆婆的棉袄漂亮，老婆婆有些羞涩地笑了。望着他们朝净居寺走去的背影，心里格外温暖舒坦。

从净居寺附近开始，上慢坡路。这是一段杂木林，落叶乔木灌木混居的地带。春夏时节，绿的、黄的草木枝干和花朵紧密交缠；在秋季，叶子们五彩缤纷，疯狂坠落。可是此刻，它们统一变得娴雅高贵，无一遗漏地披上了银色的袈裟。雪抹去了荒凉和杂芜，"盖尽人间恶路岐"。

雪将带刺的枝条雕成了毛茸茸的"狗尾巴草"；将几簇开过花、结过籽、只剩下果荚的花草，变成"雪梅"的样子；将绿色竹叶抹一层薄霜，铺在厚厚的积雪上，就像在白色的宣纸上画了几枝绿竹；就连横在路当中的那棵倒伏的树，漆黑的树干，均匀地盖上两寸多厚的雪，黑白分明，像一位朋友的钢笔画。

到东富儿沟登秦岭分水岭草甸登高处，我们照例坐下来休息。坐在雪窝里，见周围树上的积雪，如同盛开的白色樱花，不禁想起高骈的《对雪》："六出飞花入户时，坐看青竹变琼枝。"高骈的场景和诗句太小资，哪有我们坐拥秦岭，

▲雪塑造了树和草

面对林海赏雪的欢畅与豪迈。

陡立的路段，平时就很艰难，积雪深厚就更加难行，但雪的魔力消除了艰难。进入针阔叶林带，密集的冷箭竹集体成为轻绿重白的质地；高大的红桦一身绛红，在一片银色中分外耀眼；而高山杜鹃，微黄的树干和交错的枝丫上，积雪斑斑，叶子被冻成暗绿色，依然生机勃勃。木心说，如此则常绿树是寂寞的圣贤，简直不该是植物。

所有的树们，努力成为最圣洁的样子。只要你足够美，雪会让你更加出色。雪可以让杂芜变得纯净，也可以让树木妩媚喧腾。雪具有超凡的审美和雕琢能力，又宽厚博爱，平等对待每一棵树，每一株草。今天，在东富儿沟向上的银色世界里遇见童话。

还未及草甸，风便呼啸传来。在草甸边缘的冷箭竹围成的一小块空地里，添加所有备用装备——冲锋衣、冲锋裤、抓绒帽和雪套。走到经典的草甸休息拍照处，队友杰里米和小贾已经脱光了上衣，在凛冽的寒风中以各种姿势同队友拍照。这是我们这个小分队的"传统项目"——凡遇大风大雪，男队友必须脱光了上衣秀姿势。其实，在登"硬路"之前，

▲分水岭草甸白雪皑皑

▲在童话世界跋涉　　▼高山杜鹃的叶子依然呈绿色

小贾已经秀了一场，他挺拔而匀称的身材在雪的映衬下充满活力，让与他同行的媳妇白雪既骄傲又颇感压力。

不得不说，这一年的登山，队友们在驴头也是中医大夫听风的调教下，个个变得苗条，不仅减了体重，还提高了身体素质，每个人从最初登山的艰难，变得登再高的山"都不是事儿"。尤其自豪的是，每个人的身体年龄都不同程度地小于实际年龄。

秦岭分水岭草甸的雪是另一番景象。更加严寒的气候和暴虐的风，将时间的雪一层层雕刻在植物上。仅有的几棵高山杜鹃，被一场场雪包裹成雪球。整整一座山梁的冷箭竹，像一片白色稻田——竹叶包裹着雪，像沉甸甸的谷穗，随着大风起伏。我们必须举起手杖，豁开竹林"稻穗"，横穿这片白色"稻田"，到草甸垭口。

在冷箭竹林拐了个弯，另一番景色美得让人失语。冷箭竹和一些藤条变成雪白的"海底世界"，一片白色的"珊瑚"千姿百态呈现在眼前。这真是太惊艳了。

自然的魅力无处不在。

抬头眺望，春天翻越的秦岭梁最高处，一片雪雾茫茫。

草甸垭口，更加狂暴的风挟着大雾袭来。那些一人高的树木都成了雪人。如果之前你没见过它们的样子，你一定不知道面前的雪人包裹着的是什么。想想下雪的时候，定是"地白风色寒，雪花大如手"。

▲ 冬日分水岭草甸

垭口无法停留，我们选择从分水岭草甸 M 型线路中最短的线路即东坪沟下山。一离开垭口，树木景色立刻温柔起来，仿佛又回到上山时的童话世界。在草甸的经历仿佛是一些电影镜头，又仿佛是梦境。

一小时行至山下的一片松树林，见休闲的人们悠然嬉戏、玩雪，又是另外一个世界。

"人生到处知何似，应似飞鸿踏雪泥。泥上偶然留指爪，鸿飞那复计东西。"

登山简历

2019年11月30日，六人小队雪中登秦岭分水岭草甸，O型穿越。

驾车路线：西安绕城高速—西沣路—G210国道沣峪段—下鸡窝子，原返。

徒步路线：下鸡窝子—东富儿沟—分水岭草甸—东坪沟—G210国道—下鸡窝子。

徒步时间：9:30—16:30，用时7小时。

海拔：海拔区间1700～2550米，高程850米。

在嘉午台，与雪的世界狭路相逢

无量殿，一半在山的阴影里，一半在阳光里。

我和小伙伴走出阴影，坐在无量殿前的石阶上。

阴影里，那群大学生，那群活泼泼的生命在嬉戏，欢畅。他们中有曾经在途中一本正经地撒娇说不背包就走不动的女孩，有前后挂两个包的男孩。

两小时前，我们一直走在阴影里。

被洪水冲毁的石子路，泥泞的一段陡坡，白石磊磊的溪边，耗费着体力，也清理着体内的淤积。

经过二天门，路过圣泉禅寺。流淌的汗水和寺院的袅袅炊烟，腾空了拥挤的内心，一丝丝抽离出空性，清明。

将离开峪道，雪，凝固在一阶高过一阶的石台阶上，擦拭蒙尘的双眸。

白道峪擦肩而过的那位村民，应该早就到了面前的寺庙了。

尽管看起来有六七十岁——上了年纪的山里人，一般看不出他们的实际年龄——肩膀上，四五十斤重的干鲜蔬菜和米面，没有让他步履艰难。

他有着山里人的体魄，心中又有信仰。他大体每周都有一两次这样的负重，不计酬劳。

跋涉在秦岭，通往寺庙的小路，总会见到这样的背负者。他们生活不宽裕，甚至拮据，却坚韧地走在山路上。

前年夏天，也在白道峪，与一支浩荡的队伍相遇，他们背负一些物资，将捐资人对隐居山林者的供养如愿送达。相较，山里人的笃信、坚守更为恒久，更值得尊敬。这样的功德定得回向。

打开热水壶，打开食物，打量耸立在面前的这座叫嘉午台的山。

这是一座险峻神逸的山，世称"小华山"，也是佛教名山。

多次登嘉午台，走过七条线路中的六条，其中四条汇聚无量殿。大峪的三里庙、五里庙，小峪的石门岔沟，都有不同的"脚感"和景色，就连最不愿走的白道峪，今天都可以应和王维的"荆溪白石出，天寒红叶稀"。但被洪水掀翻的乱石路和台阶，走起来的确艰难。也许，每个人都会刻意逃避艰难。当逃无可逃，越过艰难，你的能量等级必定会跃升。

无量殿屋檐的雪水，一会儿滴在左肩，一会儿滴在右臂，我们毫不在意。

"吱扭——"门开了又关上。卖方便面的农妇，一会儿拿些橘子、香蕉，一会儿又拿出几盒方便面。无量殿实际上也是仓库。

无量殿门槛上坐着一对晒太阳的母子。五六岁的男孩，不停地跑开玩雪。年轻的妈妈警告说，雪下面有狗狗的尿，有扎手的刺，有……男孩被召回，须臾，又跑去抓雪。

母子俩在等孩子登山的爸爸。

无量殿是终点，也是起点。

狭窄崎岖的山脊，铺陈着厚重的积雪。美景和艰险同时启幕。

秦岭之冬

所有人都上了冰爪,否则无法攀登。

嘉午台山形如巨龙,由北向南腾飞。

在"龙尾"回旋几转,迎来第一波的惊喜。

山神庙小小的坡坝——不是它有多么惊艳,而是它作为前景的特殊——在俯瞰它的视线里,白雪的耀眼和北向城市的背景,那样触目惊心。城市上空有些迷蒙,但已经没有前几年头戴铁锈色"锅盖"的景象。我们生活的这座古城,似乎空气日益向好。

▲ 嘉午台北望城乡

没有人放过这样的景色，山友纷纷留影。有山友说，先给山神交门票，引来一阵会心的笑。

转身朝上，见小伙伴在逆光里。阳光似乎带着雾气，在他脸上炸响。一位山友迅速举起相机。等反应过来，再抬头，只有耀眼的积雪在小路上闪光。

挣脱阴暗，几乎踉跄着走到阳光里，然后充满喜悦地深呼吸。谁说过，想要朝向喜悦，首先得有一个可以接受得到喜悦能量的身体。我想，山友的身体是敞开的、敏锐的、能量充沛的，每个细胞都能够畅快呼吸。

几个年轻人从身边通过。领队身上挂满冰岩户外的路条，一个"眼镜"气喘吁吁，大呼"累死了"。领队从容地说，这是初级登山线路，是最简单的了。尽管清楚今天去不了光秃山，还是向他打探消息。得知，他们的队伍就是在去光秃山的途中折过来的，沣峪口因积雪封路。

让过了年轻人，继续向上，细细体味这条小路。

阳光抽取了一部分雪的密度，路旁的雪有些活跃，空气中有甜丝丝的雪的味道。枯萎的灌木，因雪的装扮，显得灵

秦岭之冬

动。远近参差的巨石，挂着些许的草木，些许的积雪，斑斓得像随意挥洒的国画。

翻上舍利塔山脊，可眺望东西，视线里有延绵的白雪覆盖的条条山脊线。脚下，一边是陡石坡，一边是悬崖，悬崖边绛红色的枯叶，正好是秦岭一幅巨画的前景。

南向，耀眼的光照里，一座独角峰兀立。

直立的陡壁，积雪覆盖的数十级石阶凿在悬崖上，石阶堆积着踩踏瓷实的雪，崖壁下深不见底，幸有半截寒光闪闪的铁锁链。

▲ 铺着积雪的小路在阳光笼罩下闪耀

通往峰顶的"登云梯"上,一队人马小心翼翼地攀爬,转眼消失在视线之外,像消失于天际。

石峰顶有地藏殿。

也许,虚云禅师结跏趺坐,坐如虚空,不见往来。法师生前曾经在不远处的茅棚修行,亦在此清修过。他一生寻师访道,参禅见性,复兴名蓝古刹,弘扬佛法,利济众生,深受佛教徒及社会各界人士的尊仰与钦敬。而终南修行,在他身后得以永久地传颂。

此刻,地藏殿下一条贴着石壁面临深渊的小路更具有磁性。悬崖边斜刺里长出的灌木被积雪包裹,像一树树开在三月的白梨花。它们和铺着积雪的小路在阳光笼罩下闪耀,仿佛是通往神秘的昭示。

我们毫不犹豫,走进这条小路,走进雾气腾腾的阳光里。

破山石,那道触目惊心的如刀斧劈开的巨大裂口,透出强烈的光和陡峭的台阶,以及远处的山景。近旁,庙宇悬顶,梵音缭绕,充满神秘感;远望,蓝天流云,山河壮阔。几个山友惊叹,流连。那女孩说,今天太值了,真是生无可恋。

路过不知名的小寺，踏过越来越厚的积雪，迎面是巨型的"天外飞石"，四面悬空，似乎风都可以将其吹动，但千百年来，它却岿然不动。

靠近它，有一种无比巨大的压迫感。如果拉开一些距离望去，它就像一位面朝西南的关中老妇。她嘴角微翘，闭目享受着风和阳光，顶上的积雪如同裹着帕子的发髻。突然意识到，以前从未仔细观察过这座被称作"回心石"的巨石，如此具有母性。

上山的山友，带着热气腾腾的兴奋，在这座母性的巨石下留影。

回首，"朝天梯"在一座耸立的雾凇山体内，划出一道寒光闪闪的铁索道。

"朝天梯"是一个约50米高的陡立崖壁，崖壁上凿有石阶，两侧有明万历十一年（1583）铸造的铁索链。

这是此处唯一的上山之路。山友依次而上，毫不犹豫。

一队山友上去后，有一个三四十岁的女山友退在后面。

"我有恐高症。"她说。

又有一拨山友上山,两个十岁左右的男孩,猴子一样的,攀援而上。

我说:"看上去很陡,抓紧锁链就没那么难。"

她说:"下来怎么办,太害怕了。"

▲"朝天梯"隐在这座耸立的雾凇山体内

我说:"倒着走,女生都这么下的。"

她不再犹豫,很快攀上"朝天梯"。

我微笑着仰头望着她。走投无路之际,谁都具有无穷潜力。

我们的一些弱点,也许是下意识的借口。

从"朝天梯"上来,是一个小小的平台,有驴队在此"开伙"。雪地里,热腾腾的方便面,沸腾的火锅,弥散出一山的香味。

很快,岱顶到了。海拔1810米的嘉午台岱顶。如同往常,位于岱顶的兴庆寺院门紧闭。山友失去了在岱顶观景的权利。

从旁悬空的栈道通过时,想起去年冬天登至此处,寺院屋顶突然倾泻"雪瀑",前后山友受惊不小。此刻依然清晰地记得空气中弥散着带着香火味的雪的气息。

"龙脊"与往日一样坐满了山友,几无下脚之处。

小心地越过休息的山友,越过一些喧闹,越过险峻湿滑。

▲ 通过岱顶下狭窄的栈道

通往"龙头"的小路，有些寂静。对大部分的山友来说，身后的"龙脊"就是终点。

猝不及防，与一片纯净的雪的世界迎面相遇。

雾凇，在一片不大的雪的世界里，潇洒、纯洁、浪漫地伫立。

雪松被雕刻，纯洁无瑕。

槭树叶，伸向天空的羽翼像洁白的棉花。

巨石上纤细的植物，成了雪的盆景，铺展在灰蓝色天空里。

▲ 嘉午台雾凇

小伙伴说，没想到在离城市这么近的山上会有雾凇。

树们如同门户，把我们关在门里，把山友的声音和大半座山以及北向城市关在门外。

"龙口"，悬崖边的经幡在大风中猎猎作响。巨石如同龙张开的大口，朝东方怒吼。偶尔，有三三两两的山友小心翼翼来到巨石边，惊叹，拍照，然后离去。

龙口的视线几乎是300°——剩下的60°被巨石"龙头"阻挡。300°的雪山雾凇，300°苍茫云雾。

小伙伴在悬崖边呼啸的大风中架起了相机。

正对的山峰下的观音洞，有人踱步，两只狗阵阵狂叫。

东边，一条条雪的山脊，不像自然之力而为，而是像有神力握笔描就。

俯瞰，通往狮子茅棚的山坳如林海雪原，潇潇洒洒，错落出一幅水粉画。

而西南的雪瓦山，如一座大海中的孤岛，兀立于雪色群峰。不时有山友登上顶峰，大声呼叫。群山倾听，没有回音。

山友就像一只落在峰顶的小鸟。

回返时,整座山几乎空了。

返至龙脊,回转身,只见"龙头"黛云压顶,滚滚而来,骇人心魄。雪瓦山上空出现了罕见的"丁达尔圣光"。

惊喜和惊心同时汹涌。

上天不负痴心,送我以浩瀚与绚烂。

然而,天空透出隐约的光,似乎有种洞悉一切的神秘,一种掌控宇宙、神力无比的未知力量,让人下意识畏惧。

转身向北,"龙脊"与岱顶在夕照下,庞大而肃穆;西安城在暮色中静默。

恍惚间,如天上俯瞰人间烟火。

回返至地藏殿下,四周蓝天涌着白云,似乎从天际回到人间。本想从五里庙穿越,已经是下午四点半,时间不够了。

小伙伴收起家什,专心下山。

从白道峪原返,一路不见人影。至山口不远处,见前面

秦岭之冬

▲ 嘉午台"龙头"南望群山

▲ 龙头和雪瓦山之间出现了"丁达尔圣光"

云归秦岭

▲ 嘉午台傍晚景色

有几个人。两位年轻男子东倒西歪，满身是泥。一位年轻的妈妈走在最前面，拉扯着一个八九岁的小男孩，稍大点的女孩走在中间显得很轻松。

我们很快超过他们，晚上六点出山。

登山简历

2021年12月12日，与如在登秦岭嘉午台。

驾车线路：高速曲江入口—西康高速—太乙宫出口—环山路—嘉五台村—白道峪检查站，原返。

徒步线路：白道峪检查站—白道峪—无量殿—岱顶—"龙脊"—"龙头"，原返。

▲ 从"龙脊"北望西安城

云归秦岭

后记 秦岭记

与秦岭约定春夏秋冬

后 记

秦岭记

最初并没有出书的想法，只是记录秦岭登山的景物与人事，写的也很随性。在博客和公众号等发布后，有报纸和杂志的编辑看到了，联系发到他们的刊物上。几年前，有好友和读友建议结集出书，我把近二十年的各类游记拢了拢，约五十万字，过于庞杂，遂放弃。而朋友一再热心鼓动，建议先出秦岭登山旅记，这倒是可行。

我把秦岭登山游记整理出近百篇，很不幸，在一次电脑做系统时所有文稿图片拷至优盘，而不承想优盘坏了。等从电脑城让技术人员找回优盘资料，所有文字图片成了一锅粥，而且一部分文稿和图片无法打开。2022年春，当出版社编辑催稿时，我正焦头烂额整理图文，出版时间遂推迟。

云归秦岭

整理好的秦岭游记七十余篇，本次出版选取了二十八篇，定名《云归秦岭》。

我和秦岭的缘分始于十九年前，起于黄峪寺。那一年正月初四，一位好友领着我从黄峪踩着深雪来到黄峪寺村，我们没有刻意选择，径直走到中营玲玲家。从此便和玲玲家、和黄峪寺、和秦岭有了善应机缘，是如来行。有关细节，在书中篇章已有记叙。后来，我想，这次寻访不是偶然，而是必然。也许是机缘幸会，亦或是我和秦岭有一种天然的亲缘关系。这次的寻访只不过是冥冥之中的缘分接续上了血脉之缘。

起初，每个周末我都要独自去黄峪寺或接近黄峪寺。我坐在玲玲农家乐的那棵杏花盛开的老杏树下，吃一碗油泼面，看山友们热热闹闹地来，开开心心地去；也会躺在北坡的一棵桃树下，看徐志摩的诗或《福克纳传》；有时什么也不干，只是靠在老核桃树的树干上，久久凝视蓝天流云，淤积的心结和工作中的烦心事全都烟消云散。在我的凝望中，秦岭的云天恍惚中幻化成故乡的天空，少年的我在黄昏中坐在梯田上，仰望蓝天白云或漫天彩霞，天马行空地幻想，身边是放学后拔的满筐猪草。

后记 秦岭记

春夏秋冬，跋涉黄峪寺的脚步从未停歇。我把黄峪寺视为"我的地盘"，十九年上黄峪寺有五六十次。我把好友和家人都带到黄峪寺，分享这里的四季山野美景。

黄峪寺打开了我探寻秦岭的大门，从此开始了我对秦岭百余次的探访。开始是浅山区，渐渐地深入深山区。无论是深山还是浅山，每一次的登山，都会带来无比的愉悦和心灵的净化。如果一周不到秦岭登山，就会精神萎靡，心情烦躁。秦岭成了我的生命能量的补给所和精神源泉。

在充分享受秦岭赐予我的一切的同时，我记录了每一次登山的见闻，记录庞大雄伟的秦岭，它的浩渺起伏的母体里，瑰丽妙曼，汹涌澎湃；记录一树花的盛开，一棵草的凋落，一挂飞瀑的凝结，一座山的色彩变化……就像打开秦岭的一扇扇窗户，赏阅它的风情万种。事实上，秦岭是一部永远也读不完的书，有永远也看不尽的风景。它的每日每月，一年四季，景色各异，脾性不同。这也是我和很多驴友迷恋它的重要原因。

写秦岭，坦率地说，我没有叙写其宏大气势的能力，我比较喜欢细微的、微观的描述。而一部书对我的这种写作风格或形式影响深远。2007年,我在书店买到一部《一生的美文计划:世界名家美文100篇》,如获至宝。在这部书里,我首次认识了西塞罗、兰姆、罗斯金等一批世界级大师,尤喜欢休谟、华兹华斯、列那儿等名家的游记,大师们或精妙深刻的宏论,或行云流水般的描述,尤其对自然环境、草木花鸟生动质朴地叙写,打开了我的视野,给了我滋养。原来,美的、高级的文字,是细致观察和用心感受的质朴表达。

于是,我对自己的书写方式有了信心。我写秦岭就是自然主义的表述。登山中,我把自己和自然融为一体,用心和身体的每个细胞感受秦岭此时此刻的美。很多时候我更喜欢独自登山——那样就能全身心投入到大自然的怀抱,沉浸式感受秦岭的魅力。

最初的几年写秦岭时,我把自己的心境和景物融合在一起,写的很感性,很个人化,比如《紫柏山秋色》和未录入本书的《一人孤往》《空谷踪雨》等,希望时机成熟的时候能够呈现给大家。随着岁月的积淀和对秦岭越来越深入的认识,我的动念和写作有了一些变化。我想,秦岭乃是地球上劳亚大陆和冈瓦纳大陆一次偶然的碰撞诞生的,或许另一场

后记 秦岭记

大自然的巨变会使它面目全非，记录秦岭在地球上这一段存在的风物状貌，给后来者留下一点它真实的记录，或许有些价值。有人不是说过，对于时空和历史而言，文字是最具有穿透力的——尽管我的文字微不足道。于是，写秦岭时，语言表述力求简朴、自然，尽量客观描述秦岭的景物生态，力求能让人们看到一个真实的秦岭。

攀登在秦岭的山峪，尤其站在一个个山巅，就像置身于电影画面里，脑海里常会有音乐响起——我自小喜欢幻想，喜欢面对家乡绿色、黄色和雪色苍茫的黄土高原中的山峦幻想，喜欢仰望天空幻想心中的世界，而秦岭这个博大的母体暗合了我自小的心性，一方面将幻想变成现实，另一方面变成更大的、无边际的幻想。于是心中就产生了浪漫的诗意——尽管我不会写诗。于是，就只好平铺直叙成简单、笨拙的文字。

我写秦岭的这些文字，并不是刻意而为，是十几年的日积月累，是每一次的登山用心"逼"出来的，不写不畅快。而一群人的"围观"和"逼迫"让我更有书写秦岭的动力。每当我在网上发出一篇登山游记，就会有热情的反馈。一些读友会守着你的公众号，看你这周爬了哪座山，景色如何。

有人留言说，看了你的游记就像自己身临其境，登了一次山。一些外地的读友说，秦岭太美了，到西安一定要登一次秦岭。而一些山友还会跟着你的登山线路去爬山。我能够用文字和图片把秦岭的美分享给大家，是一件幸福而快乐的事。但由于个人文学修养尚浅，文字粗浅，还望各位书友海涵。

虽然有二十余年的新闻职业生涯，也发表过不少新闻作品，但新闻之外出一部书还是头一次。感谢著名文化学者、尊敬的肖云儒老师为本书题词："千山万峪随笔过，古往今来汇心河"，给予我信心和鼓舞。西安出版社编辑李亚利老师的肯定和鼓励，让我有信心整理这些文字。感谢我的好友吴红律师——多年前，她一再鼓励我把这些游记出版，她和读友们的鼓励和支持，使得这部书能破茧而出，正式出版。感谢我的同学李鹏涛，他一直以来的出谋划策和参与，促进了这部书的出版进程。感谢听风、红树叶儿、LIN等一众山友，与他们在秦岭一同跋涉，是永生难忘的幸福时光。感谢我的儿子夏如在，他拍摄的图片为本书增光添彩。最后，我要特别感谢我的前同事白玉奇老师，在我冒昧请求他为这本书写序言时，他毫不豫地答应了，并且写得那样文采飞扬。

后记 秦岭记

　　自然，我还要感谢秦岭，感谢它一次次地让我心动；感谢它赐予我生命的能量；感谢它变幻无穷的魅力；还有，感谢它赐予我们这本书 ——《云归秦岭》。

白晓霞

2023 年 11 月 7 日于西安

云赏 大美秦岭

即刻扫码

感受中华龙脉的雄浑与细腻

灵感·秦岭
透过镜头与文字，了解本书作者的创作故事。

聆听·秦岭
本书选文朗诵音频，跟着游记探寻生动秦岭。

游览·名山
介绍中国值得一览的名山，欣赏天地灵秀之美。

纪录·秦岭
从宏观到微观，感受大秦岭地区丰富多彩的魅力。